纪实文学

罗　鸣 / 著

爱有多深

AI YOU DUO SHEN
LUOMING
JI SHI WEN XUE

中国出版集团
现代出版社

图书在版编目（CIP）数据

爱有多深 / 罗鸣著. -- 北京：现代出版社，2016.7

ISBN 978-7-5143-5120-0

Ⅰ. ①爱… Ⅱ. ①罗… Ⅲ. ①纪实文学－中国－当代
Ⅳ. ①I25

中国版本图书馆CIP数据核字(2016)第144985号

爱有多深

作　　者 罗　鸣
责任编辑 李　鹏　陈世忠
出版发行 现代出版社
地　　址 北京市安定门外安华里504号
邮政编码 100011
电　　话 010-64267325　010-64245264（兼传真）
网　　址 www.1980xd.com
电子邮箱 xiandai@vip.sina.com
印　　刷 北京一鑫印务有限责任公司
开　　本 787×1092　1/16
印　　张 16
版　　次 2016年7月第1版　2022年7月第2次印刷
书　　号 ISBN 978-7-5143-5120-0
定　　价 49.80元

目 录
CONTENTS

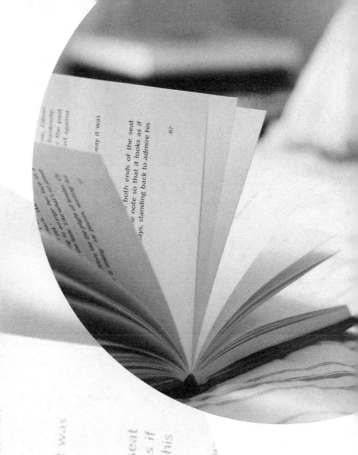

01 独臂囚子，海鸥带你飞向人生的蔚蓝

无线电波征友牵起情缘，海鸥与囚子谈起了恋爱；

女的是美丽的在校大学生，男的是监狱服刑的残疾人；

这桩婚姻看似天方夜谭，却演绎出美好的现实故事……

无线电波"寻觅征友"引发的故事

笔者曾专程去泸县青龙镇采访了本文的主人公：郝鹃和代建。那年郝鹃约 27 岁，白白静静，温温柔柔，讲一口流利的普通话。她显得十分腼腆，不善言谈，不时露出含蓄的笑靥。

正当笔者与郝鹃摆谈之时，代建从福集镇赶回家中。我习惯地伸出右手却在空中尴尬转向，原来他无右手臂。见状，代建爽快一笑说："没关系，欢迎做客，我也爱好文学，喜欢同文人交朋友。"

我便补充一句："天下文人是一家嘛。"

我们在欢快中拉开了话闸。当我问及代建当初哪来勇气追求郝鹃时，他坦然回告："我认为婚姻是一种缘分、一种机遇、一种默契、一种真爱。只要双方达到同一种境界，无论条件相差多远都可缩短距离。爱情既然不分年龄、不分种族、不分国籍、不分贵贱，难道一个囚犯，一个残疾人就不能娶一个美丽可爱的大学生太太吗？"

笔者从与他们的谈话中突然领悟了他们的"爱情境界"。于是，通过他们的回忆，仿佛看到他们恋爱婚姻苦辣酸甜的历程，让人们看到了一部人间真与美、诚与善的爱情作品。翻开故事从头说——

5月末的周末夜晚，都市里的人们在白天辛勤劳作之后，已经渐渐进入安详的梦乡……

在初夏美丽的夜色里，成都中医学院 610 女生宿舍的 4 名大学生，她们却无睡意，聚在一起畅谈人生理想、交流思想感情、憧憬美好未来。

月夜风爽，人心舒畅。她们突然被收音机里传来的"找呀找呀找朋友，找到一个好朋友……"欢快的歌声吸引："四川经济广播电台，现在是寻寻觅觅节目时间……"

"寻寻觅觅"在那个季节，是一个很火的节目，年轻人都喜欢收听。于是，610 女生宿舍的 4 位女大学生，她们静下心来，倾听无线电波里传来陌生朋友交流的心曲。当她们听完广播节目之后，仿佛都有同一种渴求：她们需要了解外面精彩的世界，她们携手加入征友行列。旋即，她们围在一起共同商讨，写出了这样一封征友信：

……我们虽然被当今社会称为时代的骄子，幸福地步入了大学的校园，在人生青春的日历上记下了美丽的一页。

但是，我们生活在校园，人生阅历粗浅，思想单纯，富于幻想，很不成熟，我们渴望与朋友交流，探讨人生理想，丰富校园生活。

理解万岁。渴望与我们有共同心声的朋友建立友谊，成为笔友。

成都中医学院女生宿舍 610 寝室肖梦

信写好后，她们寄往四川经济广播电台。

6月初的第一个周末。夜色美好，月明星亮。四川经济广播电台又开始播放"寻寻觅觅"节目。此时此刻，坐落在成都市南郊的少管所内，一个名叫代建的青年囚犯，当他在办公室加班编排完一期监狱自办的《育新报》时，抬头眺望，天幕星星闪烁。夏风送爽，心情舒畅。他顺势打开桌上的收音机，正好收听到肖梦的征友信。

晚风轻轻吹，树叶沙沙响。代建怀着激越的心情，从办公室走回监室。他在这条不足 200 米的水泥路上，缓缓而行。他听完征友信后，心情激动。他想给肖梦复信，征友联谊。若能与大学生交朋友，算是人生一件快乐的事。

突兀，一束雪亮的灯光扫来，代建蓦然回首，发现自己身在监

狱，一种凄楚的心情油然而生，悔恨的泪水从眼角里往下流，步履艰涩，思绪放飞，往事浮现……

囚子渴望同大学生擎起人间真情的彩虹

代建 1971 年出生在泸县青龙镇。当他呱呱坠地来到人间仅 3 天时，就被命运之神严刑拷打，伸出魔爪在他的右手臂上撕裂了一条长长的血口子。小小的生命虽然保住了，但伤口化脓长期不愈，最终还是被送进医院切除了右手臂，成了一个残疾人……

代建从小就接受着生存的严格考验，使他练就了吃苦的本领，比别的同龄小孩磨砺坚强。上学后，别人用右手写字，代建无右手，就用左手练，写出的字比同学的好看。他从小学习用功刻苦，成绩一直名列年级的前茅。

1986 年，代建以优异的成绩考上了高中，并发奋努力，企望自己成为一个身残志坚的人，并一步一步地向大学的校园迈进，去实现一个残疾青年的大学梦想。

代建在学校打乒乓球技艺较高，早已传出校外。因此，1987 年3 月，当泸州市举办残疾人运动会时，他被推荐参加乒乓球比赛。他没有辜负学校和同学们的殷切希望，在赛场上发挥出色，顽强拼搏，过关斩将，终于登上了冠军的领奖台。就在期间，代建打听到了像他这样的残疾人，考大学的希望渺茫。从此，他放弃了上大学的理想。

"再用功读书有什么用，也没有哪个大学要录取你。算了吧，何必自讨苦吃，跟我们一道外出去闯闯精彩的世界。"正当代建理想飘飞，心情苦闷时，被社会上一伙"烂子"挑逗，诱导他外出，把他引向了人生迷惘的歧途……

当代建失学出走后，他的父母在焦灼的盼望之中，收到小代从西昌的来信，称到云南做香烟生意，请父母放心。代家才知儿子的下落，家长悬垂的心才落到了原位。

1989 年 3 月，当四川省举办残疾人运动会，代建入选参加比赛的函寄到青龙镇沙土完小教书的代志银（代父）手中时，他又同时收到了西昌看守所拘捕代建的通知书。上称代建在西昌等地参与抢劫、盗窃犯罪，被凉山州人民法院判处有期徒刑 9 年，后送到成都市少管所劳动改造……

代建从遥远的思绪中回到现实，他经过几日的思考，毅然决定给肖梦复信，表明一个囚犯渴望与当今时代骄子交朋友的诚挚期待。他在给肖梦的信中写道：

……我是多么渴望与时代骄子成为朋友。然而，我缺乏信心和勇气给你写信。因为，我们身处的环境，仿佛是一个在天、一个在地。

我们同属于一个时代的年轻人，假若不是因为命运捉弄我的话，也许我也像你一样，在美丽的大学校园里读书。可是，如今的我却身在监狱，是一个犯了罪的人。

人生难得一知己，千古知音最难觅。我不敢奢望成为你的知己，但我有自信能与你交流。因为，我喜爱文学，在监狱担任《育新报》的副刊编辑，而且我还发表了几十篇散文。

肖梦，我好羡慕你——大学生。我一个缺右臂的囚犯，有信心与你擎起人生友谊的彩虹，沟通共同的心愿，弹奏理想万岁的乐章。

1992 年 6 月 6 日代建左笔

代建将信投入信筒算是了却一个心思。于是他又平静地回到了狱中的生活轨迹。

海鸥翩翩飞带他扬起人生青春的风帆

时代呼唤真情，人们渴望友谊。自从肖梦的信在电台"寻寻觅觅"节目中播出之后，一只只鸿雁便飞落在成都中医学院 610 寝室。

这些来信大都是成都市区的大学校园。他们也是同样的心情，渴望了解自己校园以外的鲜活事情，补充他们的生活不足。诚然，来信的朋友，有男也有女，个个真诚，期盼友谊，这仿佛是那个时代的一种时髦，是青年人共同的心声。

一天，610 寝室收到一封来自监狱的信，把她们征友以来的心情推向了高潮。

此信是代建寄来的。她们 4 位相互传阅，议论纷纷，带着好奇的心理，寻找着字里行间与其他征友信的不同之处。

奇迹出现了！一位女生说："这个囚犯不简单，用左手写的字居然遒劲，流畅漂亮。"另一位同学也说："他是个才子，信写得很有文采，可惜是个囚犯。"

同学们的议论，在610室小小的空间里热气腾腾。她们异口同声，给代建复信，交他这个特殊的朋友。于是，她们又共同商量，写了一封热情洋溢的鼓励信。

喧哗的寝室终于寂静，睡在床上的郝鹃却辗转反侧，难入梦乡。

皓月的光影，漫过茂密的树叶，幻影游弋，郝鹃思绪翻飞，浮想联翩。

郝鹃反复回忆代建的来信，她的那颗火热滚烫的心，已被这封真挚诚恳的囚犯来信深深地打动了。于是，她决定给这位在人生道路上受过挫折的人回信，伸出友谊之手，献上一颗爱心，帮助他扬起人生青春的风帆。

笔者在采访时，见到了代建保存完好的当初郝鹃写给他的第一封信：

代建朋友：

一个人遭受意外的创伤很难免，而在不经意的情况下做出了令自己也很吃惊的事，是可以想象心灵的苦涩。

生活给予我们的磨炼和打击无处不在，就要看你如何面对现实的考验。也许弱者从此消沉，而强者却跃身奋起，勇往直前！

所有的人都会有过错，而不同的人对它会有不同的选择。因此，人生更有了不同的色彩，生活便有了酸甜苦辣咸……

一颗受伤的心，经过风雨的洗礼，在闯过昏昏然然的时日之后，冷静下来，沉思痛苦和悔恨，去寻找人生闪光的支撑点。

一个人在人生的道路上跌倒了并不可怕，关键是跌倒后要重新站立，脚踏实地走向正道，一切美好的希望都会出现的。

代建朋友，你还年轻，希望你痛改前非，脱胎换骨，重做新人，谨祝你早日迈向新生的明天！

一个默默祝福你的朋友海鸥

1992 年 6 月 19 日

郝鹃以海鸥的名字给代建复了信。几天后，当这只海鸥飞到了高墙内被代建那只左手捉住时，他不敢轻信这是现实，更不敢相信美丽的女大学生愿与他成为朋友。

代建的手和心身在颤抖，他那颗阴郁的心被真诚的友情感动，心海泛起层层波澜，股股暖流袭入通体，激动的热泪止不住往下流……

之后，代建与海鸥书信往返。他们探讨人生、理想、幸福，谈学习、生活、做人；他们介绍各自的经历，互诉人间友情，祝愿美好未来。

笔者在采访代建时他说："那时，给她写信，读她的来信，成了我最快慰的事。我们每周都要给对方写一封信，最多的一周我给她写过 5 封信。说实在的，自从跟她通信之后，我的人生观、价值观发生了质的变化，我有了信心，有了精神支柱，我感到生活真是充满了阳光。我感谢海鸥，带我飞向了蔚蓝的人生海洋……"

天长日久，一种强烈的愿望在代建胸中膨胀：他渴望见到那只陌生而善良的海鸥。因为，海鸥给予他太多太多的帮助，给予他友情的关怀，使他曾经灰冷的心，焕发出温暖的真情，体味到生活的芳香，人生的幸福。

然而，一个囚犯，想见一位女大学生，无疑是一件十分不易的现实。代建曾经邀请海鸥到监狱去看望他，但她未答应。代建就期盼他能走出监狱，去实现一个心愿：一定要当面答谢这位给予他关怀和帮助的女大学生。

献上一束玫瑰花来答谢你

心诚则灵。代建期盼、寻找与海鸥见面的机会终于来了——时间定格：1992 年 10 月，代建获准参加法律大专自学考试的机会，他将这一好消息写信告诉了海鸥。

那天中午，代建在成都市武侯区教育局领取自考证之后，他打电话给海鸥说："我要去学校看望你。"得到海鸥的应允。

受人滴水之恩，就应以泉相报。可代建是一个囚犯，他没有金钱，没有物质，唯有真诚，以心答谢。但是，他还是想买点纪念品

来送给恩人朋友，可究竟送什么好？

代建一边走路一边思考，他到了一个花店门市。有了，买一束花来送给她。他当时不识花名，就顺势要了一束，谁知这是一束象征爱情的玫瑰花。

代建由于身在监狱，对于街市的繁华他显得不适应。他匆匆地走在街上，左手捧着花，令人投来好奇的目光。他顾不了那么多，跳上一辆开往成都中医学院的公共汽车，心儿忐忑不安，怦怦直跳。

代建到了中医学院，在大门口伫立片刻，稍微平静了那颗慌跳的心就健步地迈进大门。当他打听到女生宿舍后，便大步大步地走去。

代建激动地走进了女生宿舍。他用那只断臂轻轻叩响 610 宿舍的门。

门启开了，一位穿着浅红色衣服的姑娘微笑地问："你找谁？"
代建答："找海鸥。假若我的判断没错的话，你就是我要找的人。"

姑娘羞涩一笑："海鸥是我的代号，我的真名是郝鹃。"

代建立即虔诚地献上花说："谢谢海鸥带我飞向蔚蓝的人生海洋，这束鲜花代表我的一点心意，请笑纳。"

郝鹃见状羞涩一笑："请进。"他进入寝室后，双方都吝啬语言，只是默默地打量对方。郝鹃见到代建时感到意外，尤其是对他单手献花的姿势感到别扭。当然，代建比她猜想的要年轻精神一些，给人一种充满自信的感觉。

代建没曾料想到，"海鸥"原来如此文静温柔，白皙漂亮。他虽然平日能言善辩，而现在在一个女大学生面前却十分腼腆矜持。信可以随情感和思绪的流动而写，话可不能轻率而说。为使第一次朋友见面不至于尴尬，代建主动提议到街上去散步。

一走出校门，他们的情绪仿佛轻松了许多，谈话坦然爽快。当他们来到青羊宫时，看见许多照相的摊点，代建就激将地说："郝鹃，你敢不敢和我一起照相？"她被一激，回答说："有啥不敢的。"郝鹃第一次同代建见面就合了一张影。

打这以后，郝鹃的文静秀气，音容笑貌不时像电影一样，在代建的脑海里反反复复地播映。渐渐地，郝鹃的身影，也被代建埋藏在心中，一种人生的感觉，春潮涌动，使他抑制不住兴奋和激越，鼓励他更加好好地改造，去迎接新生的黎明。

心中有了爱，精神自然爽。代建在狱中，表现一天比一天好，他第一次报名参加自考的三科法律专业，均获85分以上的优良成绩。他改过自新的表现多次受到司法机关和有关领导的勉励。一位作家还曾探访过他，鼓励他写作。代建曾参加过四川省司法厅等部门联合举办的征文比赛。他撰写的《爱，拯救起一颗堕落的灵魂——写给赋予我新生命的人们》的文章，获征文一等奖，还被收入《心声泪痕》一书。

作为服刑犯人，是不能轻易走出监狱大门的。但由于代建在狱中表现良好，加之他又是《育新报》的编辑、教犯人的文化教员。因此，他享受了比别的犯人多一些"特殊"，偶有获准走出监狱的大门。

代建就充分利用这些机会，去看望郝鹃。相处接触多了，关系自然融洽协调。郝鹃与代建通过大量的书信来往，他们之间仿佛进入了一种超越友情的境界，双方已经有了较为深刻的交流与理解，甚至可以说不知不觉地步入爱河的边界……

想说爱你不容易

郝鹃与代建频繁的往来，引起了同学们的注意。她们曾经开玩笑说："郝鹃，你别真的爱上了一个囚犯。"

感情这东西，谁也说不清楚，有时像脱缰的野马，难以驾驭。当郝鹃隐隐约约地爱上了代建时，她自己也搞不清这是为什么？

于是，郝鹃在"为什么"中盘旋，寻找答案。她一个美丽的大学生，假若把爱情的绣球抛给一个犯人，一个残疾人，一个农民，这将令世人怎么看待？假若嫁给他为妻，那幸福在哪里？爱是一种意念，是一种感觉，但爱更是一种现实，一种生活。仅有爱，是不能成为婚姻的。

郝鹃自身条件优越，不能轻易抛出爱情的绣球。她在若干个假设中徘徊，从读过的看到的爱情故事中寻找答案，特别是妈妈知道她与代建的交往后，语重心长地告诉她："同他交朋友可以，关心帮助他也可以，若嫁给他是千万不行的！"

郝鹃在激烈的矛盾中抗争，在感情的旋涡中盘旋。面对现实：断吧，怕伤害了代建的自尊心和自信心，使他一蹶不振，重蹈覆辙；

继续交往，前景莫测，幸福是个未知数。左思右想，她觉得晚断不如早断，免得以后伤害更深。

这天下午课后，郝鹃给代建打了一个电话："我们还是不要再来往了，断交吧。"当代建接到这个电话后，连续问了3遍"为什么"？可郝鹃没有回答。

话筒在代建的左手中紧握，他顿感昏天黑地，思维凝固，大脑空白，人将倒下。他用左手使劲儿按了按太阳穴，稍顷他才如梦初醒，一种念头油然而生——必须见到她！

旋即，代建向管教请假到监狱门口买东西。他走出大门，在商店里借了一辆自行车，发疯似的向中医学院飞车而去。

代建单手骑车，双脚拼命地踩，车速飞快向前。他骑车至红牌楼转弯处，突然，一辆货车右转弯而来，他被汽车撞出几米远，鲜血从膝盖上浸透了裤子。

见状，司机吓呆了，不知所措，代建缓慢地翻转身后，司机问他关不关事？代建顺势爬起，请司机帮他调正自行车龙头，然后扶车说没关系，就又骑上车继续赶路了。

从少管所乘车到中医学院，一般都需要50分钟，而代建单手骑车也仅用了40分钟就到了。他跑到了郝鹃的宿舍门前急促地敲门，把寝室的同学吓了一跳。

郝鹃见代建满头大汗，并发现了他的裤子上有血，就问他为何跑来了？代建张口表白："我今天若不能见到你，我将会发疯的。但请你别误会，我不敢奢望企求什么，也绝不会伤害你的。只是不

知为什么，我就是想来再看一眼给我生命注入活力的海鸥。"

郝鹃端水让代建洗脸后，他们便到校园外散步。他们各自心事重重，但都默默无语，心照不宣，缓缓漫步。

代建终于启口，打破了沉寂。他说："我十分清楚自己的条件，我们之间的距离相差太远，有一道无法越过的鸿沟。少管所和大学校园不可同道而语，犯人同大学生更是一个在天、一个在地。我今天只是来感激你，因为在我的生命里，有一只海鸥带我飞向了新的希望，使我感到人生有奔头。还有一个请求，你能否叫我一声哥哥……"

当郝鹃同代建来到学校招待所，准备给代建登记住宿时，却看见有一辆警车停在学校内。于是，代建主动地对郝鹃说："车是来抓我回去的。"

郝鹃突然明白了，代建是逃狱而来。她一头扑到他的身上，拼命地摇晃着他："你疯了吗？偷跑出来是要加刑的呀，这代价太大了。"

代建也凄凉地抽了抽嘴角："没有你，自由对于我来说又有什么意义。我今天来就是为了再见你一面，希望你过得比我好，当面祝福你今后找一个爱你的如意郎君。"语毕，代建走向警车。代建向一位管教报告："我没有想跑，你们不来抓我，我也要回去的。我只求来学校见一面郝鹃，她给我的帮助太大了。"干警严肃地斥责道："太不像话了，假也不请就跑了。"当代建被带上警车呼啸驶去时，郝鹃只是带着哭腔抽泣："你何苦啊？"

代建虽然最终没有被认定为越狱，而是脱离管教，但还是给予记过一次，关 7 天禁闭的处分，并撤销了原定减刑 1 年的决定。

代建的这种行为导致的后果是惨重的。但他却说由此而赢得了郝鹃的芳心，千值万值。从此，他们便真正成了一对恋人……

爱情是打开监狱大门的通行证

代建被抓走以后，郝鹃不知这种行为导致的后果有多么严重，她由衷感到愧疚，都是因为自己，才使他不顾一切地跑出监狱。她彻夜难眠，脑海里反反复复地出现警车带走代建的那一幕。她一夜泪眼不安，没想到自己在他的心目中是如此的重要，更让她感动的是仅仅为了见一面，他付出了惨重的代价。

翌日中午，郝鹃第一次去了少管所，她要去探望代建。可是，由于代建被关了禁闭，加之郝鹃又不是犯人的直系亲属，因而不准接见。

郝鹃很伤感，流着泪对一个管教说："都是我害了他。"一位女大学生帮助关心代建的事在监狱广泛流传，而今面对这位热心善良的女大学生，管教也深受感动。假若社会都像郝鹃这样伸出温暖的手，来关心帮助"浪子回头"，做一个特殊的园丁。那么，对于犯人的改造无疑将起到积极的作用。

监狱有监规，被关禁闭的犯人不准探视。因此，管教告诉郝鹃："等代建从禁闭室放出来后，允许你来探监。"

话说代建被关禁闭之后，他每天都用脸盆扣在膝盖上，给郝鹃写信。据他讲，仅在这 7 天里，他就给郝鹃写了 50 多页的信纸。其中一封写道——

人间芳草萋萋，世间人海茫茫。我们有幸在偶然中相识相知，我深信这就是缘分。鹃，你可知道你在我心中的位置有多重要，假若没有你，我的生命将会失去意义。

每当我读你写给我的信，就像给我送来一份最美的精神食粮，给我增添无限的力量；每当我接过你的电话，我就兴奋得像个顽童，情不自禁地手舞足蹈，心情似如晴朗的天空；每当我们见面后，你那音容笑貌，就像一团熊熊燃烧的火炬，温暖我这颗曾经冰冻的心，让我感到人间无比地温馨……

当郝鹃收到代建寄来厚厚的一沓信时，她真的被他的真诚、悔恨和深爱感动了。从那个时候起，她意识到自己真的爱上了他。

1993 年 4 月 10 日，郝鹃来到少管所探视，狱警也被这对情真意切的恋人所感动，特例批准他们在《育新报》的编辑部会面。

从此，他们便以正式恋人的身份在人们的面前出现。从 1993 年 4 月至 1994 年 6 月，代建在少管所服刑期间，只要时间允许，郝鹃都在每月的 10 日、25 日这两个接见日，准时来到监狱探望代建。

郝鹃频繁地来往于监狱和校园之间，诚挚的爱情，打动了监狱的干警。他们特批了"接见单"换成"接见证"，为郝鹃探监开具了一张"特别通行证"。

郝鹃接受采访时说："我不否认，刚开始我是抱着牺牲自己，挽救一个失足青年的想法去接纳他的。只要我的付出，能使他脱胎换骨，重做新人，我就无怨无悔。然而，随着我们交往的加深，我渐渐地转变了认识，发现代建身上有着许多的闪光点，有一般男孩没有的勇气，还有勤奋、诚实与善良，这都让我情不自禁地爱上了他。"

1993年12月26日，这是郝鹃22岁的生日。代建为了让心爱的恋人同他过一个永生难忘的生日，他向监狱管教请示：在监狱给她过生日，并邀请监狱文体队的全体管教和犯人共同为她祝贺。

狱方破例，不仅批准了代建的请示，还允许在办公室布置会场。当郝鹃步入为她设立的生日会场时，掌声雷鸣，贺声悦耳。代建声情并茂地演唱着生日歌。

当郝鹃面对插在生日蛋糕上燃烧的22只红烛，许下心愿，一口气吹灭它之后，她就同代建一起，将生日蛋糕分给了前来祝贺、参加她的生日的人，分享他们的快乐。郝鹃与代建的爱情故事，给犯人带来了慰藉，在监狱传为美丽动人的佳话……

爱情你究竟姓什么

一个是农村户口，缺了右臂的因犯，另一个是干部子女，美丽的大学生，双方的条件悬殊如此之大，他们却喜结伉俪，培育出爱

情的花朵，这令很多人感到不可思议。

是的，笔者想探寻根源，几次向郝鹃提问："你究竟爱他什么？"这个问题十分敏感，但又难解。郝鹃一边喂幼女吃奶，一边回答问题："为什么爱上一个有残疾的囚犯，而且还不顾一切阻力，远嫁于他，这个问题很难准确地解答。爱是一种境界，真是说不清楚；代建虽然是个犯人，但他犯罪时太年轻，而且有勇气悔恨，真心改过。浪子回头金不换。他善良、诚实，有正义感。还有，他对我的爱，是世界上最痴最疯最狂最动感情的。因此，我们的爱与众不同，实实在在。"

郝鹃还回忆地讲述了与代建在一起时留给她的深刻印象。她爱他多管闲事——

有一次，郝鹃与代建一起坐公共汽车。她发现有一个小偷的手伸向一位乘客的包里。她欲叫，突然被一根尖硬的东西顶着她的腰部。她难堪的表情，被代建发现了。他站起来拍了拍那个人的肩，神秘地贴着他的耳边说："车上有便衣。"

小偷立即缩手，然后慌忙地下车了。郝鹃不解，问代建真有便衣？代建答："在这种情况下，最管用的就是这一招！"

一次，代建经管教同意到市区办事。当他在公共汽车站发现有几个人的面容熟悉时，便立即从大脑储存的信息中切割——变幻，记忆清晰了。原来其中一个曾是他的"老师"，因抢劫杀人在逃，一直未被缉拿归案。于是，他便立即报了警。

当警察来到现场时，代建便上前与"老师"问候。旋即，公安干警鱼跃而起，一举擒获了这伙犯罪嫌疑人。因此，代建的正义行为受到了司法部门的表彰。

代建虽然只读过高二，但他的文学基础较好。他在监狱又当编辑又当教员，赢得了犯人的钦佩。特别是他能用左手写出漂亮的文字，真是不简单。对了，代建写给郝鹃的几百封信，篇篇都不重复，很有文采。他在《育新报》上发表了几十篇文章，还在《现代家庭》等报刊上发表过作品。

代建痛改前非，重新做人和勤奋自信的精神，也是郝鹃爱他的一个重要原因。

1994 年 6 月 1 日，这一天对于代建来说，是他刻骨铭心的日子，是他走向新生的光明纪念日。他由于在服刑期间认罪服法，表现突出，9 年徒刑，减为 5 年，提前释放了。

代建曾在狱中幻想：他出狱那天，天上下着小雨，洗刷了身上的污垢和人生的耻辱，以崭新的姿态去开创美好的新生活。

老天爷真的圆了代建的梦。当他迈向监狱大门的这一刻，天上正下着淅淅沥沥的小雨。他率性脱掉身上的衣服，赤背沐浴在雨中。

郝鹃见代建出狱了，也兴奋地扑了上去，她打开爱情的小雨伞，却被他扔到了雨中。他释放出爱情的力量，伸出左手，一把将郝鹃抱在怀中，飞速地旋转起来……

代建回到泸州后，经市残联的领导推荐，他到中外合资四川宏大皮革有限公司应聘。他面对台湾老总，悔恨地讲述自己的经历，并把自己的作品呈上说："只要你给我一个机会，我就会倍加珍惜

并发奋工作。"

老总见他左手也能写出漂亮的字，便认定他是个人才，于是决定接纳，并安排到办公室工作。代建工作努力，成效明显。老板用人唯贤，仅两个月他就被提拔当上了办公室主任。继后，老板发现代建精明，善于公关，社会活动能力强，就任命他担任供销科长。代建的初步成功，更使郝鹃对他充满信心，爱情的蜜浆也就越酿越浓。

当笔者把话题引回到本节的开篇时，郝鹃才正面回答笔者的提问。她平静地说："在当今改革开放的年代里，农民的定义也注入了新的内涵和活力。浪子回头金不换，我爱他无怨无悔。他虽只有一只手，可与健全的人无异，甚至他的能力比许多健全的人更强。他出狱后的表现，足以证明他不但能自食其力，而且还表现出非凡的工作能力和创造财富的实力。当然，我们如今能走到一起实在不易，真是好事多磨。"

纯洁的爱情经得起任何阻力的考验

郝鹃同代建的爱情故事传开以后，大家议论纷纷，引起一片哗然。压力和阻力纷至沓来，真令她走到了进退两难的境地。

首先，同学们就站出来反对郝鹃，真诚地劝她悬崖勒马。如今的美女佳丽，不是去傍大款，就是去攀权事，充分利用女孩的资本，去换取幸福的果实。而对于郝鹃这种无私的爱情观，令不少同学费解，说她的思想太陈旧，观念太保守，行为太善太傻，今后必被人欺。更有甚者，说她有毛病，才去找那个有残疾的犯人……

为了让同学们接受代建，郝鹃开始大方地把他写给她的那些富有激情和文采的信拿给女友看，并将代建引见给同学认识。代建的所作所为，言谈举止，诚恳待人，精明能干，渐渐地赢得了同寝室女孩的好感，也有人表示赞同郝鹃的行为。同学们的观念转变，给郝鹃和代建带来了战胜阻力的决心和信心。

在所有的阻力面前，最难闯过的是家庭关。当郝鹃同代建的关系传到她父母的耳里时，两位老人表现出决不赞成的态度。

1994年暑假，母亲整天不厌其烦地开导郝鹃："你太不现实了，光有爱情是不够的，理想主义代替不了现实生活。他是一个囚犯、残疾人，你若同他结婚有什么幸福可言？他有能力让你过上幸福生活？鹃，你可要三思而行。你的前途远大，家里供你上大学不易，都希望你今后为家争光，为社会出力。可你一意孤行，只怕你毕业的工作分配也会受到影响。"

郝鹃试着与妈妈交流看法，把代建的故事用最精彩的语言讲给妈妈听，可仍然打动不了老人的心。妈妈生气了："我走过的桥，比你走过的路还多。你就死了这条心吧。"

郝鹃的爸爸对她可谓百般疼爱，把女儿视为掌上明珠，从来没有怒斥过她。可见女儿听不进她妈的劝告，他就忍无可忍，终于发火："你这样乖的女儿，怎么变得如此不明事理。你的条件可谓百里挑一，怎么甘心找一个残疾的犯人，真把我们的脸面扫光了。你

再执迷不悟，我们就脱离父女关系。"

父母的养育之恩不能不报，老人的语重心长不能不听。俗话说：不听老人言，吃亏在眼前。于是，郝鹃跪在爸妈面前，声泪俱下地说："请求爸爸妈妈原谅女儿，我答应与代建断绝恋爱关系……"

郝鹃在家期间，有两位男生闯入她的生活，主动到她家来找她聊天玩耍，真心交友。这两位男生的条件都不错，一位是她高中同学，如今在西南交大上大学的张某。同学主动向她表白心曲，渴望成为永远的人生朋友。而且，该生身材高大，健康坦诚，是个可以寄托终生的男人。

另一位是爸爸的同事给她介绍的徐某。小徐是个师范大学生，家在乐山市，其父是个当地有地位的人士。小徐长相文雅，善于健谈，讨得郝鹃父母欢心。

但郝鹃与这两位男生交往，都提不起热情，缺乏那种令人心跳战栗的感觉，她也曾试着在他们中去寻找那种同代建交往的默契，可她一直没有找到。

暑假回到成都，郝鹃又收到代建从泸州放飞的几只鸿雁，而且只只传来喜报：他不但在泸州找到了工作，还是中外合资公司，而且仅仅工作两月，就被提升为主任。这些足以证明代建有创造幸福生活的能力。还有，那只只鸿雁，都不约而同地发出同一个声音：今生属于你！因此，郝鹃曾经徘徊在爱情之门的步伐，此时又坚定地追随她心中的爱神……

酿造的浓情蜜液终于浇灌出爱情的花朵

自从 1992 年代建与郝鹃相识相知以来，他们互相放飞传情的鸿雁，截至 1997 年元旦结婚，双方共同用心用情用爱编织的情书，叠在一起超过一尺厚度，粗略计算一下他们写下的文字不少于 50 万字。这是他们浓情蜜液的积蓄，这是他们相爱历程的见证，这是他们情感的宝藏，这是他们的精神食粮。

1994 年 6 月代建出狱回到泸州后，那时郝鹃仍在成都读书。1996 年 7 月，当她历经 5 年寒窗苦读，终于获得医学学士学位之后，为向代建证明爱情，她告诉他："放弃成都，奔赴泸州。"

郝鹃在接受采访时说："当时她可以留在成都一家大医院工作。可代建在泸州刚刚立足，事业有奔头。假若让他放弃泸州的工作，也许到了成都就很难发挥才能。大城市毕竟人才多，好职难谋。"于是，郝鹃来到泸州，被分配在泸县牛滩镇当上了乡镇医生。为了爱，郝鹃无怨无悔。这对有情人终成眷属。

1997 年 10 月 8 日，郝鹃与代建来到青龙镇人民政府办了结婚证，喜结良缘。

代建的父母，看到儿子真的娶到了这位贤淑美丽的大学生儿媳妇，令他们高兴万分。为了向儿媳表示长辈的一点心愿，父母拿出 800 元，让代建给郝鹃买一枚结婚金戒指。可她坚决不同意："父母挣点钱不容易，我们结婚不能用老人的钱。"

当代建同郝鹃进城操办结婚用品时，她就硬要他买一枚银戒指

来送她。代建问知每枚 20 块，感觉礼太轻了，坚持要为她买金戒指。可她坚持说："价值并非重要，关键是形式和意义都一样，我喜欢。"于是，代建就依了她。

1998 年元旦，代建和郝鹃正式举行婚礼。地点在青龙镇沙土小学院内。学校专门挤出一间小房作为新房；婚宴也是学校的老师共同操办的，搞得喜庆热闹，沸沸扬扬。

当婚礼正式开始时，郝鹃身着吉祥的红袄，幸福地依偎在代建的身旁。这对新郎新娘甜蜜地微笑，接受着人们喜庆热烈的祝福，由衷涌起一股股幸福的浪花。

贴着大红喜字的新房内，只有简单的家具，一张床、一张桌、两条木凳、一个写字台，外加几大箱书籍。当参加婚礼的亲朋好友散去之后，代建牵着郝鹃那只戴着银戒指的手，甜蜜幸福地步入洞房花烛夜，开始营造爱情的暖巢……

1998 年 9 月 12 日，他们用浓情蜜液酿造的爱情花朵——女儿呱呱坠地。细心的妈妈，早已准备好了一本精美的日记本，亲笔写上《写给我们的小宝贝》。他们从女儿降生那天起，就记录下女儿成长的日历，以利更好地养育她成才。

有人说结婚是爱情的坟墓。可代建夫妇却说结婚是爱情的升华！只要翻阅他们的婚后日记，就能体味到他们的甜蜜温馨，感觉到他们婚姻的幸福，爱情的升华……

寻常百姓演奏的家庭幸福歌

郝鹃嫁给代建之后，她时时刻刻感受到生活在一个幸福的大家庭之中。

代家是一个四世同堂的家庭。上有 80 多岁的祖父，还有公婆；有一个年幼的妹妹。如今这个 7 口之家，生活和睦，互敬互爱，演奏出一曲寻常百姓的家庭幸福歌。

代建的父母，对郝鹃如亲闺女，十分喜欢疼爱。而郝鹃更清楚地知道自己在这个家庭中担任的角色。从此，她便把满腔挚爱倾洒在每一个家庭成员的身上。

——她很关爱耳聋的老祖父，常常为老人洗衣洗脚，还帮祖父剪指甲。

——她在公爹的生日时，特意给老人买了一双皮鞋祝寿。

——她常同婆婆谈笑风生，共做家务。她曾多次给婆婆购买衣物，以表孝心。

——她在小妹身上付出了培养的心血，经常帮助妹妹温习功课，辅导作业。

——他们夫妻结婚以来，互帮互助，鼓励鞭策，相亲相爱，从未吵过架。

也许郝鹃的所作所为，在人们的眼光中，不足为奇，实在平常。然而，我们透过平常，就可以寻觅到她那颗纯洁无私、善良可爱、温柔美丽的心灵。

郝鹃与代建的情缘，起初只是在亲朋、同学间流传。然而，在我们这个呼唤真情、需要帮助的时代，任何真善美的言行，都能引起社会的关注。当他们的爱情被报道之后，立刻在社会上引起了强烈的反响，一封封热情赞美的信飞到了郝鹃的手中。

一位自称是郝鹃的老乡来信说："我从报上看到你们的爱情故事，令我十分感动。你是一个美丽的人，不仅外表美，而且心灵更美，像金子一样纯洁……"

值得欣慰的是，当郝鹃的父母得知外孙女出世的喜讯时，外婆立即给她邮来了衣物，而且还写了一封长长的信。父母对他们的婚姻已经接纳，并希望他们要珍惜来之不易的婚姻，携手共创美好的幸福家庭，并表示适时从乐山市来泸县看望他们……

今天，已为人父母的代建、郝鹃夫妇，他们在竭力弹奏婚姻幸福歌的同时，也在积极谱写人生事业的奋斗者之歌。

郝鹃在牛滩镇卫生院工作期间，做到了全心全意为病人服务，而且还积极向老中医学习请教，努力提高实践经验，并愿将自己的本领献给山区的卫生事业。

结婚后，为照顾太太，当然也有别的打算，代建就辞掉了大公司的职务，在县城福集镇开办了一家"建新饭店"，为他们明天的美好幸福生活努力打拼……

02 藏歌王子，初恋情人不成爱人也成歌

　　"藏歌王子"带着个人专辑，回到家乡举办歌友会；当他功成名就返乡时，能否找回遗失的初恋；我想再一次对你说我爱你，你却说明天我就要嫁人啦……

歌声为媒，靓女跟随流浪歌手风雨兼程

　　那年春节，被称为"藏歌王子"的许有情带着倾力打造的个人专辑，回到家乡宜宾市举办歌友见面会。当晚会进入高潮时，主持人十分煽情地说："下面请许有情演唱由他作词作曲的《奉献一生》，这首歌是他为初恋情人而倾情创作的。今天，在许有情功成名就、衣锦还乡之时，他能否找回初恋，我们拭目以待。"

　　"愿为你奉献一生，却不能拥有一个你，是什么让你匆匆离去，

失望的我独自哭泣。啊别离开我，啊别放弃我，啊别留下我，啊别忘记我。让我再一次拥着你，让我再一次看着你，让我再一次轻轻地说我爱你……"

当许有情倾情演唱完《奉献一生》时，只见一位穿着白色风衣的美丽姑娘，在闪烁的霓虹灯光下，手捧鲜花款款地走上舞台……

许有情因流浪到西藏唱藏歌出名，被称为"藏歌王子"，但他不是西藏人，而是四川省宜宾市人。

许有情从小爱唱歌，在8岁时参加宜宾市举办的"春苗杯"文艺调演，演唱的《采蘑菇的小姑娘》，一举获得第2名。从此这位"少年歌星"就树立了歌星的梦想。

18岁时，许有情穿上了绿军装，带着五彩缤纷的憧憬，编织着人生的美丽花环，踏上世界屋脊的军旅之路，驻足在喜马拉雅山第七峰的边防某部雪山哨卡。他用动情的歌声为雪域边防卫士带来了快乐，驱赶了边关的寂寞。

一次，在参加西藏军区唱歌比赛时，许有情演唱自己创作的《妈妈，为儿子骄傲自豪》一举获得了第1名，因此，许有情荣立了三等功，在部队光荣地加入了中国共产党。

许有情在西藏部队服役3年后，光荣退伍返乡，被安排到宜宾市一家糖果厂工作。当他第一天去报到上班时，单位领导就告诉他糖果厂不景气，已面临破产，请他先在家里待岗吧。

许有情与生俱来的歌喉，成为另谋出路的上岗"通行证"，他很快就被内江市一家私营歌舞团招聘担任主唱演员。该团在内江等地"跑场演出"。尽管他用心唱歌、倾情演绎，且歌声很受客人的欢迎，为歌舞团挣得了不少的收入，可挣的工钱却只能维持日常生活的开销。

为了发展唱歌事业，许有情在那年的春天，就自己组建了一个"爱心歌舞团"，自任团长。招聘爱好歌舞、小品的业余演员20多人，带上键盘、架子鼓、吉他和贝斯，开着一辆旧中巴车，雄心勃勃地搞起了巡回演出。他们的足迹遍布了湖北、广西、贵州、云南、四川的城市和乡镇……

在一个秋收的季节里，许有情带着"爱心歌舞团"，来到宜宾市一个镇上演出。他擅长男声女唱，当他声情并茂地演唱了邓丽君的《我和你》时，一位穿着白毛衣的美丽女生勇敢地走上舞台，向他献了一束鲜花。许有情被这位姑娘的大方和美丽打动，他真挚地向她鞠躬致谢。

演出结束时，这位姑娘又勇敢地走向后台，"给——"她羞答答地递给许有情一包金嗓子："请好好保护你的嗓子。"许有情用手抹了一把脸说："你真可爱！"他不知是有意还是无意地说出这句话，却让姑娘羞涩低头，转身走了。

许有情目不转睛地望着姑娘离去的倩影，心中有点失落，后悔连姑娘的姓名都没有来得及问。这天后他的心思有些走神，一直惦念着那位给他献花的姑娘。

第三天下午，当许有情再次登场演出时，他在台下的人群中，又发现了那件美丽动人的白毛衣。他突然灵机心动："我现在邀请

台下的一位女生跟我一起合作，演唱一首歌，愿意的请举手。"台下"唰"地举起了无数只手。许有情故意地用眼扫描台下，他的眼神定格在那位白毛衣身上时，声音有点打战地说："欢迎那位穿白毛衣的小妹妹上场，和我同台演唱。"

白毛衣果敢地走上舞台。许有情激动不已地问："请问我们唱什么歌？"姑娘像早就心中有数地说："《选择》。"音乐起——

风起的日子笑看落花

雪舞的时节举杯向月……

希望你能爱我到地老到天荒

希望你能陪我到海角到天涯……

当许有情同白毛衣演唱这首歌时，他们仿佛进入了角色，竟然配合默契，赢得掌声雷鸣。

谢幕后，许有情才仔细抬头看清了这个女孩，她的个儿比他矮不了多少，超过了 1.7 米，长长的披肩发，一双大大的眼睛，洁白的皮肤……许有情鼓起勇气问她叫什么名字，姑娘回答白玉兰，也是一位爱唱歌的姑娘。许有情对白玉兰特别有好感，积极主动地向她靠近。

许有情从西藏当兵复员回家后，平日忙于奔波"爱心歌舞团"的事务，从来没有在情场上演绎过角色，当然也没有找到谈恋爱的契机。当白玉兰出现在他的面前时，他觉得"一见钟情"的感觉来了，心头升腾起一种从未有过的体验，他悄悄地爱上了这个女孩。可是，尽管他是个军人出身，可面对漂亮可爱的姑娘还是有点羞涩腼腆，真是像歌里唱的歌词那样"想说爱你不容易……"

演出散场时，白玉兰好奇地问许有情还要到哪里去演出，许有情脱口而出"到处流浪"。"流浪的生活很浪漫吧？"白姑娘问。许有情红着脸挑衅说："你敢不敢跟我们一起去享受浪漫？"

"我正好高考结束，也想出去放风。"

许有情以为白玉兰是说着玩的，并没有把她的话当真。没料，当第二天许有情他们收拾行囊正准备出发时，白玉兰果真提着行李来了。面对一个如花似玉姑娘的真诚，许有情感到这是对他的无比信赖。

白玉兰同爱心歌舞团跑了几场演出后，她家里就派人找到她说："你妈妈生病了，让你赶快回去。"白玉兰就同来人一起回家了。

白玉兰走后，许有情的心一下子就像被掏空了似的，整天觉得无精打采，唱歌也失去了平日的激情。这时他才感觉到自己已经悄悄地爱上白玉兰了。正当许有情在苦恼的思恋中时，白玉兰却又出现在他的眼前。

是夜，白玉兰把许有情叫到金沙江的河堤上，她把回家的实情全盘告诉了许有情。原来，她的爸爸妈妈知道她跟着一个流浪卖唱的人走了，怕她遭遇欺骗和伤害。因此，才叫人来骗她回去的。那夜，白玉兰还告诉许有情，她家是做药材生意的，是当地有名的富裕家庭。她是家里的独女，更是爸爸妈妈的掌上明珠，尽管自己没

有考上大学，可家里竭尽全力为她联系了一所学医的成人高校，可她不想去上学，愿意跟他们一起流浪。

江风徐徐吹来，许有情鼓足勇气，轻轻地拉住白玉兰的臂膀，白玉兰顺势倒进他的温暖怀抱中。两位青春男女紧紧相拥，哗哗的江水从他们的胸中流淌……

"爱心歌舞团"没有大腕明星，每到一个地方联系演出都很不容易，十分艰辛。尽管有时一张门票只能卖10元，但是，许有情抱着对演出艺术炽烈的追求，对观众认真负责的态度，放飞激情，倾心演出，曾经创下一月演出40多场次的辉煌纪录。

尽管歌舞团的演出场次多，可收入比较微薄，除去演员工资和日常支出，收入几乎所剩无几。许有情艰辛地领着歌舞团一步一步地向前走。白玉兰在力所能及地帮助歌舞团做一些事务，每到一处演出场地，她都帮助联系场子、布置舞台、张罗演出、干劲十足。每当许有情演出时，她就是最忠实的观众。

那年的冬天，"爱心歌舞团"到云南省昭通地区的九龙镇演出。白玉兰同许有情这天到街市上买菜时，遭遇当地的一伙流氓地痞的调戏，许有情站出来护花，与这伙无赖发生了纠葛。当晚，他们的节目演出中途时，这伙流氓就纠集20多人，带着木棒来闹场了，不但砸了他们的道具、中巴车，而且许有情还被严重打伤。他们抵挡不住流氓的侵袭，只能被迫连夜逃开。

"爱心歌舞团"遭到这次劫难后，有的成员就感到前途渺茫，没有热情继续演出。当许有情把演员的工资发完之后，他已经"弹尽粮绝"，歌舞团也因此而被迫解散了。

为了唱歌事业，面对挫败许有情不言放弃。歌舞团解散了，可他仍然坚持跑场演出。当白玉兰知晓许有情在这种特别的困境日子里，依然执着地追求歌唱事业，去寻求实现人生的理想时，她就想出来帮助许有情。为了支持许有情，白玉兰不顾家里的反对，竟然同爸爸妈妈闹僵了，收拾行囊，离家出走，投奔许有情。白玉兰迈着坚定的步履，跟随着许有情流浪卖唱的脚步，他们携手并肩，在人生的道路上风雨兼程……

爱的负累挑在肩，男人的窘迫让他丢失了自我

日久见人心，患难显真情。许有情被白玉兰的行动深深地感动了，他就勇敢地向白玉兰求爱，得到了她的首肯。在人生事业的低谷时，许有情却赢得了初恋，他们相爱了，爱得炽热，爱得猛烈。

尽管演出很辛苦，但在卖唱的旅途中有知音相随，有佳丽同行，这让许有情幸福得眼前天天鲜花绽放，生活日日甜甜蜜蜜。使他焕发出了燃烧的激情，对未来更加充满信心。

许有情同白玉兰背着爱情的行囊，转辗来到了人地生疏的贵州赤水市，租房几乎用尽了他们所有的积蓄。白玉兰离家出走，失去了家庭的经济资助，他们全靠演出挣钱来维持日常的生活。

当天夜晚，许有情在街上跑场挣到了50元钱，他看见街头正在卖刚出锅的卤鸡翅膀。白玉兰最喜欢啃鸡翅膀了，许有情想到白玉

兰还在屋里等他，肯定还没有吃饭。于是，他毫不吝啬地掏出卖唱挣得的钱，买了10只鸡翅膀，立即奔跑回到了他们租住的爱情小屋。

当许有情将手中温热的鸡翅膀送到白玉兰的手中时，她真真切切地感到了爱情的热烈，驱散了冬日的寒流。他们就深情地坐在烤火炉前，一边品尝着鸡翅膀的芳香，一面烘烤着爱情的温馨……

许有情每天晚上艰辛地跑街卖唱，尽管夜幕下寒风凛冽，他的心中却揣着爱情的火焰，烘烤着他的通体。当他演出归来时，白玉兰就立即端上升腾热浪的饭菜，把温情和暖意送给许有情。他们两颗心常常依靠在爱情的火炉旁，浓缩在温馨的小屋里，敞开赤诚的心门，磨合出爱情的甜蜜，畅想憧憬未来美好的幸福生活。

爱是需要相互体贴，同时也需要赠予。有爱的日子幸福快乐，但收入微薄让许有情时常捉襟见肘，十分尴尬。一天，许有情同白玉兰一起逛商场，白玉兰进入商场如鱼得水，在丰富的商品中穿来穿去，不时试穿时装，试试鞋子，砍价还价，但她总是下不了决心，逛了两小时的商场仍然两手空空。

天空下着淅淅沥沥的冬雨，寒风瑟瑟吹拂，他们在雨中浪漫而行。许有情担心白玉兰被雨淋湿着凉，就把她揽在暖意的怀中，白玉兰就问许有情你不怕冷吗？许有情张口就唱"你就是那冬天里的一把火，熊熊火焰温暖我心窝……"然后他对她说："去买件大衣穿吧！"一件白色大衣出现在白玉兰的眼前，让她两眼闪亮；她立即试穿了，问许有情咋样？

"漂亮极了！"许有情伸出大拇指。服务员也煽情地鼓动说："先生，你女朋友穿这件白大衣，真是美女配时装，靓女又闪光。"

许有情问价，服务员答："800元。"许有情伸手掏钱，囊中羞涩。白玉兰见状，却宽慰地对许有情说："我穿着不好看，咱们走吧。"当他们离开商场时，服务员送来一句"女朋友都耍得起，却没钱买衣服"的话，让许有情感到男人无能的羞愧和丢脸。

那年春节，白玉兰用心良苦地把许有情带进商场，为他购置了一身名牌服装，把流浪歌手包装后领进家门拜访父母。她的父母仍对许有情不屑一顾："一个流浪歌手无正当事业，无固定居所，你能给我女儿幸福吗？"许有情说能！可对方还是丢给他一副冷脸，一股寒流穿透了许有情的通体，让他感到寒碜和羞愧。白玉兰也感觉到许有情很难与家人融洽相处，对家人不接受自己心爱的男朋友感到内心十分苦恼。因此，她就与家人不欢而散。

一次，许有情的一位战友在宜宾市结婚，邀请他们参加婚礼助兴。战友的婚礼在一家四星级酒店举行。婚礼气派，迎亲的小车有18辆，结婚的排场令人眼花缭乱，宴席摆了80桌。特别是去闹洞房时，看见战友那装修一新的宽敞豪宅，新潮的家具，高档的电器，一应俱全。特别是新娘全身名牌，穿金戴银闪闪发光，珠宝闪烁令人眼热，战友的婚礼让许有情大开眼界，同时也强烈地刺激着他的内心。

许有情同白玉兰相爱后，作为男朋友应该让女朋友幸福。幸福是什么，难道仅仅有爱，就能让心爱的人过上幸福的生活吗？可是，

当今社会是一个物质社会，没有丰富多彩的物质，是很难真正满足幸福的需求。许有情发誓要让心爱的人过上幸福生活，他发誓要拼命挣钱。

为了挣钱，许有情就拼命跑街演出。同时还进歌舞厅演唱，常常是演出很晚，有时还夜不归家。白玉兰常常一个人躲在他们租住的房屋，盼望等待许有情夜归，有时甚至煎熬到天明也不见他的身影。白玉兰看到许有情整天劳碌疲惫的样子，爱惜心疼，就好心劝他不要光顾了挣钱，损害了自己的身体。

事业发展不顺，卖唱收入微薄，看看那些都市中的大款潇洒地生活，许有情心里产生了不平衡，加之在街上流浪卖唱，常常受到别人讽刺挖苦，使他深受刺激，情绪低落，开始消沉，一度染上了喝酒的恶习，来发泄心中的苦闷，常常喝得一塌糊涂，醉烂如泥。

白玉兰见许有情日渐颓废的样子，她开始好心劝导他："你要振作精神，跨越心灵的障碍，勇敢地面对现实，你一定能成功，你在我的心中永远都是一个最优秀的男人。"许有情对于白玉兰的劝导逐渐听不进去，甚至骂她唠叨，甩手离去。身为独女养尊处优、习惯于耍大小姐脾气的白玉兰，哪能接受这种冷遇。因而，他们就开始争吵，发生了矛盾。

许有情外出，白玉兰独自在屋胡思乱想：一个一心只想挣钱的人，却把男人的尊严丢了，把爱情当成负累，这让她实在不能接受。她不是一个贪图享乐的女人，她不愿意成为恋人的累赘，更不愿意成为他的精神负担。为了他，为了爱，她毅然决定离去……

当许有情这天半夜三更醉醺醺地回到他们租借的爱情小屋，一头倒在床上，他伸手盖被时却摸到一张纸，他拿过一看是白玉兰留给他的纸条，字迹映入他模糊的眼帘——

有情，我们因爱走在一起，但又因爱我不得不选择逃避。因为你对我的爱太沉重了，让我无力承受，当那天看到你想为我买件大衣时的窘境，我心很苦涩。我不愿意看到你为了挣钱而不顾我一人独守冷清的小屋，我不愿成为你的生活和精神负担，更不愿意看见你整天消沉落魄的样子。我若是一个贪图享受的女人，我就不会跟你一起出来流浪了。看来，你并不真正懂我。因而，我选择离去……

许有情被白玉兰这封情真意切的信惊醒了，他翻身起床，冲出门外，对着夜幕天空，歇斯底里："玉兰，你走吧，我不怪你。玉兰，请等我，将来有一天我功成名就之时，一定还去找你！"

为了唱歌的理想，成就事业的辉煌，实现对恋人的诺言，赢回一生的至爱。许有情在心里默默有了打算，他要再次出去闯荡江湖，去挣大钱，然后风风光光地将心爱的女朋友娶回家。

那年5月，许有情带上600元钱，从宜宾出发，背着对未来的憧憬和希望，独自流浪西藏，再登世界屋脊，寻觅艺术的宝藏！

经过19天苦旅之后，许有情终于驻足拉萨。他想先找一家歌厅体体面面地唱歌，可找了几家都不遂人愿。刚到西藏又不适应气候，遭遇强烈的高原反应，住在出租房里昏睡了6天。

一天了，许有情一碗饭都没得吃，看到别人在吃饭时，刺激得他直流口水，他实在是太饥饿了，就掏出身上唯一的 5 元钱，买了一碗面来充饥。许有情走在拉萨市的大街上，两眼释放出寒光，老在地面上搜索，看能否拾到"救命钱"。"钱"没有找到，人却饥饿得发晕。一位卖兰州拉面的老板见状，送给了他一碗温热的拉面，才使他经受住了西藏高原的生命考验。

高原的冬天遍地是冰雪，许有情走在街上经常摔倒，他腿上留下了很多摔伤的残痕。在人生的逆境中，许有情仿佛时时刻刻都看见恋人白玉兰站在他的眼前，用期盼的眼神鼓舞他，用温柔的双手搀扶他，用无限的情爱激励他，促使他坚强地站立起身，去追寻成功的道路。

许有情弹着吉他、深情唱歌。他的歌声如泣如诉、苍凉悠扬、发自肺腑、款款动人，深深地打动了过往的行人。一传十、十传百。从此，他的歌声飞扬在这座音乐天堂的高原古城拉萨……

经此人生的磨炼，跨越苦难的坎坷，许有情一夜之间仿佛大彻大悟。他一面在拉萨卖唱谋生，一面潜心追求自己的精神境界，在藏地这块音乐的海洋里拼命吮吸营养，在千辛万苦的卖唱生涯中追求艺术真谛，在前所未有中尝试一种独有的人生体验。

藏歌王子衣锦还乡，初恋情人明天就要成为别人的新娘

后来许有情流浪到了康定，他站在了"跑马溜溜"的山上，寻

觅《康定情歌》的真谛。他用所有的爱、所有的情来放声歌唱，用美丽动人的旋律来回报热情的客人。他的歌声嘶哑而清脆，曲调优美而朴实，情真真意切切，唱出了藏区一幅幅美丽的风情画卷，唱出了藏族同胞对美好生活的渴望。

许有情坚持追求歌唱艺术，寻觅符合自身特点的演唱风格，时刻注重吸取藏族音乐的精粹，不时向当地艺人请教。他在康定很快就寻找到了人生坐标。他的唱歌，特别是一些情歌，带着怀旧的情绪，受到了听众的首肯和欢迎。他在康定城唱歌时，人们就兴奋激动地拍着节拍，往往跟着他唱啊跳啊，围着他载歌载舞，藏族同胞就亲切地称他是"白马多吉"（意为"藏歌王子"）。

许有情在唱歌事业上耕耘求索、打拼奋斗，特别是经过藏区的修炼、富饶音乐的滋养，使他仿佛对音乐有了脱胎换骨的重新体验，领略了唱歌真谛，发挥到崭新的高度。使他唱歌乐感顿开、旋律泉涌、发自肺腑、动人心弦。他清爽的歌声好似从雪山流淌出的冰雪水一样圣洁透明，让焦渴的人掬起清冽冽的泉水，越喝越想喝；他唱的歌，宛如一朵盛开在高高雪山上的雪山莲，没有受到一点污染，清纯洁白、自然绽放。

高原红的火热激情，雪山上的经幡灵魂，藏地的天籁弦音，寺庙的神迷诵经，辽阔草原的魅力，藏族的特种风情……这些是艺术的源泉，创造的灵感。许有情在康巴地区一面"跑场"，一面采风体验生活，以独特的视角、心灵的体验、情感的释放，激励他开始摸索自创自唱的路子。

　　许有情在康定唱了 7 年的歌，他早就成了那里家喻户晓的歌星了，经常有素不相识的老乡请他去喝酒。康定城的人都热爱他、喜欢他。特别喜欢唱他作词作曲的《我深深地爱着你康定》这首歌——

　　那夜我做了一个梦

　　梦见了一个美丽的地方

　　那里的天那么蓝水那么清

　　还有人们在那里载歌载舞

　　哦，多么神奇的地方

　　哦，康定，我深深地爱着你这片多情的土地……

　　许有情创作的歌曲，带有黏黏的酥油茶、浓浓的青稞酒味，很受藏族同胞的喜爱。他们说："我们藏族要说的话好像说不完，可是许有情用美丽的歌声来表达了我们的心曲。"

　　在每年举办的"康定情歌节"上，许有情更是整天脚步不停、兴奋地奔跑在"跑马溜溜的山上"，四处为藏族同胞演唱藏族情歌。当他看见一对对藏族青年男女，在这爱情的狂欢节日里，尽情地演绎爱情故事。

　　许有情触景生情，在雪月亮升上天空的时候，他心中的相思草疯长，忍耐不住对远方恋人的思念，他与白玉兰往日相爱的一个又一个细节，反反复复在他的脑海温柔叠映，搅得他思恋的泪儿挂在了天边，他就发疯发狂地在跑马溜溜的山上奔跑。一种抵制不住的冲动从心底泉涌，许有情用吉他弹奏旋律，情真真、意切切地为初恋情人创作出了《奉献一生》这首歌……

一次，一家著名的卫视台到川藏交界的康巴地区采访，他们来到一家饭馆吃饭时，许有情就上前去请他们点支歌。其中一位记者就对他说："我们来自大都市，什么好歌没有听过，什么明星没有见过！"这话惹火了许有情："我白送你们一首歌！"——

美丽的康定溜溜的城

跑马山下温泉水

碧波荡漾游人醉

情歌声声人忘归……

"声音太奇妙了！太神奇了！快拿摄像机。"许有情唱的歌带着浓浓藏腔风味特色，尤其是独一无二的纯朴嗓音，对那位生活在喧嚣浮躁的大都市人来说，让他们真正喝到了用冰山雪水酿造纯正的青稞酒，从天然放牧的牛羊群中挤出来的酽酽酥油茶，拍手称好——再来几杯！

当记者无意间拍到"藏歌王子"的新闻在电视台播出之后，这条新闻竟成了"闻所未闻"的新闻，引起了前所未有的反响：许有情的歌声引人注耳、滋润心田，唱得最好听、最耐听、最动人、最迷人！他的歌让很多观众沉醉了、痴迷了、钟情了。

在全国观众"要碟要碟"一浪高过一浪的吼声中，那家电视台

为了不让许有情美妙悦耳的声音隐藏于世，回馈歌迷对他的格外钟情青睐，他们决定重金打造、包装许有情。经过多方筹备、精心筹划、组织资深音乐人士、权威专家，为许有情录制歌碟。

当多年来的努力付出终于见到了人生理想的彩虹，许有情想把成功的喜讯告诉心中的恋人白玉兰。但时空交错，他与白玉兰已经失去联系 7 年了。

许有情在与那家电视台结下 3 年的情缘后，终于牵引他走进了录音棚。他的唱法很独特，他的嗓音听起来有点"怪"。他把都市歌手的"奶油声"和"狂野派"的沧桑感结合起来，唱歌时有许多颤音，带着很浓的藏族风味，从他的歌声中，让人们仿佛看到了西藏风情、雪域高原，使人浮想联翩。同时那种颤音既"嗲"又"腻"。因此，他的歌，特别是一些情歌，带着些怀旧的苍凉情怀，很能吸引一些人从他的歌里找到认同感。

金秋时节，由电视台精心打造的许有情专辑面市。歌碟收录了深受藏族同胞和大众喜爱的藏族风味歌曲 12 首，其中，有许有情作词作曲的歌曲。歌碟一经面市，就被歌迷朋友们"哄抢"，争先恐后，先听为快。许有情的歌如今已唱响华夏大地，歌迷评说："当今歌坛'三大天王'并驾齐驱：听腾格尔唱蒙古歌，听刀郎唱新疆歌，听许有情唱藏族歌。"

许有情在外面流浪 7 年，一直联系不到白玉兰。当许有情带着新出版的个人专辑回到家乡时，他迫不及待地要将歌碟亲手送到白玉兰的手中。当他马不停蹄地赶到白玉兰的老家时，白家很惋惜地告诉他："明天就是玉兰的婚礼，请你忘了她吧！"许有情激情满怀，却被当头一瓢冷水——从头凉到了脚。

爱情的诺言丢失在风中，心爱的女人成为别人的新娘。得知这个消息，许有情坠入一种巨大的痛苦之中，他不愿意接受这个现实，他要亲自问问朝思暮想8年的恋人，他很快就从一个朋友那里得知了白玉兰的手机号，他想立即约见相爱相恋相思相念的初恋情人，可他万万没有料到她坚决说不，通话可以。

"玉兰，我一直很牵挂你！爱着你！"

"谢谢你的爱！"

"听你家人说明天就是你结婚的日子，这是骗我的吧？"

"真的！你7年没有消息，当电视台播放你的歌时，我才知道你已经成了著名歌手，成了大明星。因此，我才下定决心同别人结婚。"

"以前我没有能力让你过上幸福生活，现在我大声地对你说：玉兰，你嫁给我吧，我发誓今生一定让你过上富裕的幸福生活！"

"对不起，太迟了。另外，我不配做一个歌星的妻子。其实，你今天仍然没有明白，我当初离开你并非因为你穷，我也不是一个贪图享乐的女人，我看到你那时整天双肩挑着爱情的重负，压得你直不起腰……许有情，你今天成功了我很欣慰，虽然我们今生没有缘分成为夫妻，但我真诚地祝愿你在生活的百花园里，早日采摘到一朵属于你的牡丹花。"白玉兰语毕就挂断了电话。

后来，许有情再拨白玉兰的手机就一直成了忙音……

　　当一切的努力奋斗成功变为现实时，却丢失了刻骨铭心、最宝贵的初恋，这是何等的心痛啊！许久，许有情才从那段感情的泥泞中走出来，他说："我是很重感情的男人，失恋是痛苦的，但是歌还必须唱下去，这是我一生追求的事业。现在我只能将失恋的痛苦埋藏心间，不断努力，将最深情、最动人的歌献给社会，带给歌迷朋友更多的快乐。"

03 让爱做主，爱比恨浓化解豪门恩怨结良缘

蓄谋已久去碰瓷报复，却撞到了一位善良姑娘；因恨索取意外捞到了爱情，却遭遇豪门家庭的阻隔；家庭不幸往事真相破解，诚意忏悔干戈化为玉帛……

蓄谋碰瓷，撞车遇到了善良的姑娘

这天下午，吴东海在成都市佳苑集团的大门外来回踱步了几圈，准备实施蓄谋已久的报复计划。

盛夏时节，老天也热得渴望饮水。吴东海浑身灼热，汗流浃背，尽管他手里拿着一瓶矿泉水，却没有喝水解渴，不时望望停车场的那辆红色宝马车。

佳苑集团是一家主要开发房地产的公司，19层的办公大楼壮观

耸立。陈真真是这家公司的营销部部长，而且，她还有一个闪耀身份。到了下午下班时间，她挎起红色的 LV 手提包走出这幢大楼，开着宝马车徐徐地出门了。吴东海心中像装着 25 只兔子——百爪挠心。他猛喝了一口矿泉水，含在嘴里没有吞咽下肚。宝马车驶过来了，他义无反顾地向车迎面撞去。

宝马撞人了！有人在惊叫高喊。嘎——急刹车。陈真真惊魂未定，打开车门急步蹿到倒地的男人身边，目睹他的额头在流血，蜷曲在公路上浑身抽搐，嘴里不停地喷出白沫……

陈真真立刻从惊恐中镇静下来，俯身问他伤到哪儿？他没有回应。她就心急如焚地喊人帮忙把伤者抬进车里，车很快就把伤者送到了医院急救室。她立马办好住院手续后，就到急救室门口守候。心想今天摊上大事了，伤者人事不省，要是出了人命咋办？出车祸时是她在打电话，责任归己。

她焦急地站立在急救室大门外，双手合并放在胸前，默默祈祷：但愿老天保佑他平安无事。煎熬地等待了近一小时，一个医务人员从急救室推着手术床出来了，她看见吴东海两眼闭着，额头上包扎一块纱布。她跟着推车走在后面，询问医生他的伤情咋样？医生回答说从初步检查的情况来看，伤势应该不算太重。伤者被送进了病房，此时他似乎清醒了一些，他问她是谁？她说我叫陈真真。

谢谢你送我到医院救治。吴东海此言一出，着实让陈真真心里不安，她立即说是我撞伤你的，我会承担所有责任，你就放心地治疗吧，这是我的名片，有事请及时跟我联系。

吴东海住院观察。其实，发生的车祸他心知肚明，为了碰瓷演绎真实，他就先把洗衣粉放进矿泉水瓶里，看见陈真真的车开出大门后就猛喝了一口含在口中，撞车倒地时就装腔作势晕倒在地，从口里吐出白沫……

躺在病床上吴东海闭目回忆：20年前，他看见有两个公安人员押走戴手铐的爸爸……这一幕悲惨情景，像一个梦魇钻进他的心房，储存在他大脑的硬盘无法删除，那年他才6岁。

吴东海吓呆了。他就站在路边清清楚楚地听到人们议论：平时吴志强对人不错，咋就犯法了；听说他是被陈宝光举报才遭抓的；陈老板这招太阴险了，把吴老板弄进了班房，建筑队就成了他一个人的了。

吴东海认识陈宝光，陈同爸爸一起工作，还多次来家里喝过酒吃过饭。陈宝光这三个字，从此藏在他幼小的心田滋生发芽。他发誓总有一天要为爸爸洗清冤屈，找姓陈的讨个说法。

20年的积怨像一颗仇恨的毒芽，在吴东海幼嫩的胸膛滋生蔓延。要寻仇要公道、要夺回爸爸的资产，从哪里开始？一夜的苦涩回忆，宛若一团烈火燃烧胸中，烘烤得他焦头烂额，彻夜难眠。

他想起从小家境贫寒，好不容易读完了高中就外出打工，四处奔波寻找挣钱的门路，可条条道路也不通达，想到爸爸惨死在监狱里，陈宝光侵吞了建筑队的资产，如今成了土豪，他就由衷愤恨，伺机报复。

20年后的一天，吴东海看见《成都晚报》上报道佳苑集团老板

陈宝光的文章，他就仿佛是一只饿狼，在黑夜里突然发现了猎物。

下午的车祸搞得陈真真心情凌乱不堪，这一夜她惦记着受伤的吴东海。第二天她早早起床买了一篮鲜花，来到医院看见吴东海正同医生交谈，她暗自庆幸，想来他没有太大问题，一直悬挂的心开始正常运转，她用双手把花篮献给他。

谢谢你的鲜花。吴东海说这是我平生第一次收到的鲜花，谢谢你啦陈部长。他原来从心底痛恨陈家人，可他面对这位善良的姑娘却无法生恨，感觉她并不令人讨厌，反而心生好感。

吴东海住了3天医院就出院了，是陈真真来接他出院的。她问他去哪里？他说家在外地，是来成都市找工作的，那天下午就是准备去佳苑集团应聘的，没有想到出了车祸。

原来是这样的。陈真真就对他说："我先给你安排宾馆住下，明天上午你到佳苑去应聘好吗？""谢谢陈部长，我听你的安排。"吴东海答道。

因祸生缘，爱情的幼苗从心田发芽

吴东海来到佳苑集团应聘，负责招聘的是陈真真。她之前同他的关系是被动的，在接触中她没有仔细地打量过他。今天他来应聘是经过精心打扮的，让她眼前一亮：高高的个子干净清爽，身着白衬衫精神焕发。

他自我介绍说是建筑工程学院毕业的，毕业后曾在一家房地产公司干了3年营销工作，恳请陈部长给个机会。她就对他讲我要招聘一名部长助理，如果你愿意就先在这个职位上锻炼锻炼咋样？从此，吴东海就进入了佳苑集团，任部长助理一职。他进入公司营销部时，公司开发的滨港新城正值开盘期间。她因撞伤了他，总觉得内心有愧，他上班之后，就对他有一种特别的关照，主动地把一些客户资源提供给他，为他开拓业绩提供了大大的帮助。因而，他很快就打开了销售局面，取得了显著的业绩。

这年9月底，陈部长领导下的员工个个勤奋工作，业绩飙升，滨港新城楼盘营销告捷，陈真真就给销售人员发奖金。吴东海从陈部长手中接过红包，他看得清清楚楚，红包上写着10万元。顿时，他的心跳加速，手在颤抖。

吴东海领到了10万元奖金，这是他有生以来获得的最大财富，真是喜出望外啊。当天，他就去租了一套两室一厅的房子，准备把妈妈接到城里一起生活，尽尽孝心。

国庆节这天晚上，陈部长就组织部里几位年轻男女到迪厅活动。正当他们激情狂欢时，一个喝得醉醺醺的男人加入他们之列。这个醉汉几次有意用手触碰陈真真的敏感部位把她惹火了，她就骂他耍流氓。

醉汉故意挑逗：做小姐的还……陈真真啪的一记耳光，打回了醉汉还没有讲完的话。醉汉挨了打，就顺势抓起桌上的酒瓶向她当头砸来。见状，吴东海伸出臂膀，酒瓶砸在了他的手背上。吴东海顺势一抓，就把那个醉汉死死地压在地上，醉汉自知不是对手，只

好请求告饶。

英雄救美的故事并不新鲜，可陈真真对吴东海在关键时刻勇敢地站出来为她抵挡风险，着实令她感动不已。因而，她心中由然而生景仰，认定他是一个可以依靠的男人。

10月3日，吴东海收到陈真真发的短信：请他晚上6点到良缘西餐厅9号雅间聚会。他就到一家美发店洗吹了头，穿着一套笔挺的灰色西服，帅气潇洒地来到良缘西餐厅。他走进雅间时光线有点柔和，见她身着一件黑色紧身毛衣，胸部凸显刺眼，人又长得漂亮。他不好意思直视她，眼神无处安放，矜持得手脚找不到该放的位置。

"国庆节我们在迪吧里跳舞，遭到那个人的挑衅，是你勇敢地站出来，为我挡住了砸来的酒瓶，今天约你出来就是想表达我对你的谢意。"

"我才真的感谢你的关照，给我发了大大红包，谢谢你啦！"吴东海主动端起茶几上倒有红酒的高脚杯说，"我敬你一杯。"

真应了那句古话，我们真是不打不相识啊。呵呵。她灿烂一笑，一朵鲜花绽放在她的脸上，他看见她比鲜花更加艳丽。在这种浪漫的氛围里，他们都从心田生长出爱情的幼苗……

陈真真同吴东海谈恋爱之后，两个青年就像炉膛里加满了干柴，火苗越烧越旺，温度越来越高。星期天上午，他们来到翠屏山的一个草坪席地而坐，温暖的阳光潇洒地铺满大地，淋浴着他们幸福的心，就像草坪那些含苞欲放的花朵一样，相互依偎，迎风摇曳。

"真真，你爸爸妈妈会同意我们的关系吗？"

"谈恋爱是我们两人的事，跟家庭无关。"陈真真的头靠在吴东海的肩膀上，脸蛋像天空的红日一样的绚烂。

"同你恋爱，我不敢畅想未来。"吴东海手里玩弄着野草，目光遥望着远处。

"你担心什么呀？我是他们的独生女，他们从来都是惯着我的，只要我认定的事他们都会赞同的。"

"婚姻大事你能作主？"吴东海用疑问的目光看着她，"你不怕别人说你一朵鲜花插在了牛粪上。"

"我就是愿意插！鲜花插在牛粪上，更加生态绿色，更加艳丽芬芳。你若不信，那我们就先斩后奏，把生米煮成熟饭？"

"你不要后悔啊？那我就把你这白花花的大米，下锅煮饭啦！"话间，他顺势一把将她放倒在草坪上。缠绵悱恻的声音，惊扰了在草丛中欢愉觅食的鸟儿，它们腾空而起，在天空飞翔盘旋……

张瑞英知道女儿交了男朋友，几次叫真真把对象带回家来看看，都没有实现心愿。真真过25岁生日这天，她才把吴东海带回家，让妈妈看看未来的女婿。他是第一次上陈家的门，心中忐忑不安，神态紧张。进了陈家门真真就喊开了："妈妈我们回来啦！"张瑞英满腔热情地上前迎客。

"张阿姨好！"吴东海向她恭恭敬敬地鞠了一个躬。张瑞英看见小吴长相帅气，英俊精神，又懂礼节，满心欢喜。稍后，陈宝光也回家了，他对小吴的到来却没有像妻子那样流露出热情。

"小吴，你爸爸妈妈是做什么的？"张瑞英问。他们坐在沙发

上聊天，氛围稍微有些尴尬。

这个敏感的话题，对吴东海来说实在是无法回避，他低着头、沉默片刻说我爸爸是公务员，妈妈是小学老师。这两句话一出口，他脸上就像被盛夏的太阳烘烤灼热。

谈话的形式如同"答记者问"，往往是陈宝光他们提问，吴东海被动回答，陈真真就不时把话题引开。吴东海坐在其中，就像匹骏马被圈进了马厩里，服服帖帖地听从主人的调教。

"面试"这一关张瑞英给吴东海打了满意的高分，而陈宝光基本默许。他认为女儿同小吴谈恋爱谈就谈吧，让其自然发展。但他又特别担心小吴是别有用心，想攀高枝，关键是他的来历蹊跷，怎么就那么巧合与女儿相遇？他放心不下就找人去了解小吴的背景。

调查吴东海的情况很快就有了结果：小吴老家是双流县的，他爸爸已经病逝了，妈妈是一个农村妇女，他不是大学生，高中毕业后就出来打工了。陈宝光就把了解小吴的情况告诉了妻子，并打算同女儿谈谈，叫她放弃这段感情。

一家三口吃过晚饭后，氛围融洽，张瑞英就问真真："你了解小吴吗？我觉得你们两个不合适。""咋不合适？我觉得他挺好的。"

"他只是一个打工仔，与你不般配的。"陈宝光插话。

"你们就是门第观念太强了，打工仔又怎么啦？当初爸爸你不也是打工仔嘛？"

"一个打工仔有什么出息？他目的就是想走捷径，想攀高枝。"

"想攀高枝有啥不对的？俗话说人往高处走，水往低处流嘛。"

"他为了接触你，采用了拙劣碰瓷的手段，让你落入他设计的圈套，你却拔不出来了。我的好闺女你真是傻啊，他用这种小小的伎俩就把你蒙骗了。"

"他蒙骗我什么呀？我才不信！""嘿，你不信。他说是大学生，其实他只是一个高中生。他说他爸爸是公务员、妈妈是老师，其实，他的爸爸在10年前就病逝了，妈妈是个农村妇女。"

"你们就是想我找一个门当户对的人家，可那些男人哪个是真心对我好的？""你个认死理的女子，真把老子气晕了。俗话说不听老人言，吃亏在眼前。"

陈真真是铁了心要同吴东海交朋友。陈宝光夫妇没有做通女儿的工作。为了女儿的幸福，陈老板作出决定：从吴东海下手。

一天，陈总经理把吴东海叫到了办公室，明确地告诉他不准同真真交朋友。小吴就问陈总为什么？

"实话告诉你，我已调查了解你的情况，你之前都是说的谎话。还有，你为何去碰真真的车？大家心知肚明。"

"陈总我知错了，我是说了谎话，善意的欺骗是为爱。"

"你别说爱了，你碰真真的车不就是为了骗钱吗？我给你10万，请你离开公司。"

"既然你们瞧不起我，硬是不同意我跟真真好，我可以放弃，但你想拿10万就打发我，不行。"

"你要多少？说个数。""至少翻一倍！"

"说话算话，我答应你！请你打个收条，保证拿到20万后就跟真真断绝关系。"

条件谈妥后，陈宝光就叫吴东海打了一张20万元的收条。然后，陈就给他开了一张20万元支票。

破解真相，诚意忏悔爱比恨浓

陈真真同吴东海的恋爱关系遭到了父母的阻碍，这让她胸闷闭塞，气血不通，还不时想呕吐，她就到医院去做了检查，结果怀孕了，她就立即把怀孕的喜事告诉吴东海。这件突如其来的喜事，真让他站在洞房的窗口——喜出望外。

2014年1月13日，陈真真向爸爸妈妈宣布：准备在春节期间结婚。"我们坚决不同意！你就死了这条心吧！"陈宝光当即反对。

"爸爸，你为什么发这样大的火哇？不管你们同不同意，我非他不嫁，告诉你们一件喜事，我已经怀孕了。"

"你这个死女子真要气死我们哟。你必须去医院拿掉孩子！"

"我偏不，现在是什么时代了，婚姻自由你们不懂吗？"

"我们都是为了你好哟，你却不到黄河心不死，不撞南墙不回头啊。我本来不想告诉你实话，怕伤害你的感情，他真的是个骗子，拿了我的钱却说话不算数。"

"拿你什么钱了？你们做了什么交易？有证据吗？"

"有！你仔细地看清楚。"陈宝光就拿出一张收条给真真。

今收到佳苑集团20万元，从此与真真分手，自动离开公司。

陈真真看清了是吴东海写的收条。这是怎么回事？搞得真真一头雾水。

"爸爸你说清楚，究竟是咋回事嘛？""好吧，我就把真相告诉你们……"听完陈宝光的讲述，真真当即就傻了眼，气愤得一句话也说不出来，眼泪就像决了堤，奔腾而下……

第二天，吴东海没有见到陈真真上班，他就给她打电话，可她的电话总是关机，他就打电话到陈家。张瑞英一听是小吴的电话就气愤地告诉他："你骗了我女儿，你拿了20万的事真真知道了，她不会理你了。"话毕啪地挂断了电话。

吴东海垂头丧气地回到出租房里。徐玉芳看见儿子闷闷不乐的样子，就问他出了什么事？他就问妈妈你还记得当初跟爸爸一起合伙做生意的陈宝光吗？妈妈点点头。他就说陈真真就是陈叔叔的女儿。然后，他就把当初预谋报复陈宝光、撞陈真真的车、收陈家的钱都统统地向妈妈坦白了。

听完儿子的讲述，徐玉芳就说东海啊，你真是错把恩人当仇人，你真的冤枉了陈叔叔，你爸爸坐牢是他不学好，去赌场输了很多钱，就挪用了建筑队的钱去炒股，炒股却越陷越深，最后把建筑队的钱都挪用光了，他坐牢是咎由自取。你爸爸入狱以后，我们家生活困难，还是陈叔叔给我们送钱，才使我们度过了那段艰难的日子。

真相大白后，徐玉芳决定带着儿子去陈家赔罪道歉，求得他们的原谅。

2014 年 1 月 15 日，星期六上午，他们来到陈家，开门的是陈宝光。他惊奇地先开了口：是你啊嫂子，稀客稀客，欢迎、请进。与此同时，陈总看见了吴东海。他视而不见，但心里感到惊诧：为何他们一起来？他们有什么关系？他请她来当说客？一连串的问号把他打懵了。

陈总，今天我们冒昧登门，是专门来向你赔礼道歉的。东海过来，陈总我介绍一下，这是我的儿子吴东海。

他是你跟志强的儿子？是啊，难道你不知道？这个我真的不知道。他们谈话间，张瑞英也来到客厅里，20 年没有见过面的好朋友突然相聚，并未出现久别重逢的热情喜悦，反而气氛显得尴尬僵硬。

陈真真听见客厅里有人讲话，她就轻轻地从寝室里走出来站在二楼的栏杆处，听着他们的谈话。

陈总、瑞英，今天我把东海带来你们家，就是让他给你们认错，赔礼道歉。

咚——吴东海跪地："我错了，陈总、张阿姨，我真的对不起你们。因为我听别人说爸爸坐牢是陈总告发的。所以，我从小就对你心怀仇恨，想报复你……"

啊是这样……原来是这么回事啊。陈宝光在老朋友徐玉芳面前，抑制情绪才没有对小吴发怒。

"昨晚我妈妈才给我讲了爸爸犯罪的全部事实，我才恍然大悟，明白真相。陈总我真的对不起你,是我冤枉了你,请求你的宽恕原谅。"吴东海忏悔的泪水从眼里滚落到地板上……

"起来吧小吴,大家把话说开,才能解除仇恨。徐姐你早就知道两个孩子交朋友的事?""我也是昨晚才听到东海说他的女朋友是你们的闺女。"

陈真真耳闻目睹这一情景,心里好似打翻了五味瓶,酸甜苦辣的滋味像热锅里的沸水翻腾。

"一想起志强坐牢的事,我的心就像被锯齿锯一样的痛啊。当初我也真的没有别的办法拯救志强,我怕他越滑越深,才毅然举报了他的。记得我到监狱去看他时,叫他好好改造,出狱后我们再一起打拼。没有想到他却想不开,一病不起……这件事一直纠结着我心,我好后悔啊。"

今天把藏在我们心里的话说亮堂,这样才能让你放下怨恨的包袱。陈宝光接着说小吴犯的错误事出有因,我也不想多说了,原来我们是坚决不同意真真跟你好的,今天大家都把事情说开了,原不原谅也就那么回事了,最重要的是看真真的态度,小吴你就好自为之吧。

快谢谢陈总的宽宏大量。徐玉芳对儿子说。吴东海立即恭恭敬敬地向陈宝光、张瑞英鞠了三个躬,表达最真诚的心意。

陈真真耳闻目睹了这一情景。她才知道了吴东海的所作所为原来事出有因。她用力吸了一口气又徐徐吐出,僵硬绷紧的脸终于松弛了,积压在胸中闭塞闷气,像堵塞的自来水管一样通了,流出了清澈的水……

04 丽人远行，茫茫商海邂逅初恋情人不迷航

她与初恋情人分手两年之后，第二次握手携手打拼商海；男友为了签约一份订单，竟然将爱情拍卖给老板；她断然离开了初恋情人，回到故乡寻找亮丽人生……

南行打工寻求人生价值

我从川师大毕业后被分配到宜宾市郊一所中学当老师。学美术的做老师一辈子也不会出成就。上了一期的美术课我就感到没劲，尤其是每月的工资还买不起一件名牌时装，我就更对这一清贫事业缺乏热情。搞美术的人应该具备挣钱的手艺，教书可能一辈子也难奔向小康生活。因而，我实在无心守着这份没有激情的教书职业。

那年春节，我高中同学王艳秋从海南回家探望父母。她高中毕业后就南下打工，仅仅4年多的光景，已跨入了令人羡慕的富姐行列。在她的煽情之下我心动了，决定与她一道去海南寻求发展。

春天，我去了海南。在王艳秋的推荐帮助下，被海口海湾房地产公司聘为公关部职员，做楼盘推销。

海湾房地产公司是一家合资公司，公司的总裁是香港老板，他派女婿魏儒仁出任港方总经理。一天，魏总到公关部来视察工作时，他看见我的电脑正在显示一张房屋装修草案图，对这张图纸的设计造型颇感兴趣，就问这是谁设计的？我说是我。他连连点头说蛮好蛮好，并问我跟谁学的？我回答在大学学的就是美术专业。他突然两眼闪光：公司里有一位才貌双全的打工妹，蛮好蛮好！

翌日，我就接到公司的通知，调我到企划部工作。从此，我的命运发生了本质的变化，从一个普通打工妹跃升到了白领阶层的行列。企划部是公司的核心部门，它主要是为公司的决策提供可靠依据。因此，老板经常到我们部门来开会或研究工作。

与老板见面的机会多了，也就减少了对他的惧怕感，在工作之余我们还显露出亲和的人际关系。

魏总是靠他的妻子才发达的，这事早有所闻。一次公司搞完庆典活动后，魏总邀请我们喝茶聊天。这晚他向我讲述了他的妻子，他是在打工的时候被公司老板的女儿看上了。从此，他的事业蒸蒸日上。他与太太结婚后温暖不温馨，温暖很好做到，温馨就太深层次了。太太和10岁的女儿住在香港。

魏总说香港人对待婚姻的观念还是很传统的，离婚一般不可取，但爱情可以时时更新。我对他的话外音装着听不懂，对他的一些挑逗性语言只当一笑了之。

公司一栋新的商品住宅楼拔地而起。魏总把这次的促销宣传任务交给了我。我珍惜这个机会，首先精心设计了公司形象宣传的策划方案，其次是寻找最佳合作伙伴去实施计划。

那天，我很自信地迈入魏总办公室，将我用三天三夜精心设计策划的方案呈请魏总审示。魏总大约用了半个小时阅读完方案后，提出了三点修改意见，提笔批示同意实施。

我第一次独立设计的方案一举轻松过关，得到了老总的认同，使我忘乎所以，上前就在魏总的额头上亲了一下。魏总也抓起我的手一吻：“这双温柔的小手，能撑起一个男人的艳阳天。”

从魏总办公室出来之后，我就开始寻找合作伙伴。找了几家广告公司都不尽如人意。一天，一位朋友给我推荐了一家邦尼广告公司，说这家公司做事认真负责，我就准备去试一试。

茫茫人海邂逅初恋情人

那天，当我跨进邦尼广告公司的门时，我与一个男人四目相对，我不敢相信世界真有如此巧合的奇缘，他竟然是我的初恋情人——胡扬。“你何时来的海南？”一声问候把我唤回现实。

我对胡扬说：“今天真是巧遇，我是来找你们公司合作的。”

当胡扬听到我是来为海湾房地产公司做促销广告业务，让他更是喜出望外。他立即向公司老板报告，公司老板就委托他负责与我洽谈合作。他不敢相信，在海口这样大的客户订单会落到他的手里。于是，他说哪怕就是他本人不赚一分钱，也要竭尽全力帮我把这次促销宣传活动搞得有声有色，一定让双方的老板满意。

在开展工作中，我们俩人紧密配合，把所学的美术专业挥洒得淋漓尽致。我们在实施每一个计划时都设计周密，让其发挥最大的效益。活动保质保量地按时完成，且效果十分明显，使我们公司的楼盘销售，达到了前所未有的高潮，两家公司均获得了经济效益，从而为双方的公司树立了更好的形象，赢得了更大的回报。

当这次活动任务圆满完成之后，魏总就奖励了我2万元红包。那天下午，当我领到红包后邀请胡扬吃饭时，我刚从包里取出手机电话就响了，是胡扬打来的，我们就约好到海滨娱乐城庆贺。

晚上，我们到海滨酒店海吃一顿。夏季的海风，使紧张的心情彻底清爽放假。饭后我们就去跳舞，他的舞姿仍然那么优雅潇洒。音乐一会儿像波涛汹涌的潮声，让人的心像脱缰的野马嘶鸣狂奔；一会儿又像淙淙流淌的小溪，让人就像水中摇头摆尾游戏的鱼儿……我靠紧胡扬的胸膛漫步起舞，犹如漂泊的人儿停泊在温暖的港湾。

与胡扬重逢的那天起，我又情不自禁地回忆起与他相爱时演绎的每一个爱情细节。休息中，他对我说，这些年他的心中一直装着我，曾经几次都准备给我写信但又鼓不起勇气。他说曾遇到过一个可爱的女孩子，但一接触她就变幻成我的身影，他的心中始终装不

进第二个女孩子。他总是跟我聊起往日的美好时光,他每讲到一个过往的细节时,在我脑海的屏幕里就点击出浪漫动人的画面。这时我才发现,几年来为忘掉初恋所作的一切努力都是徒劳的,尘封已久的爱情,正如强劲的相思草在心中不可阻挡地疯长。月老有情,又把我心爱的人儿赐还给我……

准备结婚却遭遇节外生枝

我与胡扬联手为海湾房地产公司策划实施的促销宣传活动搞得很成功,在海口的广告商中都产生了一定的影响,因而很得魏总赏识,我被荣升为企划部副部长。

心中装着爱工作又顺心,我的生活时时充满了活力,处处朝气蓬勃春光明媚,天天都是灿烂的阳光照耀着我的心海。

时间就像小溪里的水一样轻快流淌,转眼就来到了春节。我们原来打算在春节期间结婚,并回宜宾看望亲人,在实施这个美丽的计划时,却被节外生枝打破。

一天下午,我上班刚跨入海湾房地产公司的大门,被迎面开来的一辆小车撞翻,当我苏醒时已经躺进了医院。后来我才知道我是被魏总开的车撞倒的。苏醒后,我看见魏总坐在床边守护。魏总对我说:"慧妹,实在对不起,我一定要对你负责到底的,请你放心治疗。你的造化大,真是不幸中的万幸,医院检查伤情后确诊只是伤了小腿。"我知道伤情不重,也就放心了,并宽慰他说:"这是我的错，是我不小心撞了你的车。"我这一说，把沉闷的气氛调和了，魏总在我额头轻轻地拍打了几下说："你真是个讨人喜爱的女孩。"

我被车撞的事胡扬不知道。当晚我没有回去住，把他搞得六神无主，一晚上都在海口的大街小巷疯跑地寻找我的身影。翌日清晨，他到我公司来才打听到我受伤住院，就匆匆奔到医院。当他看到我的伤势不重，才把悬着的心放到了原位，用手温情地摸着我受伤的小腿。

魏总得知胡扬是我的男朋友时，真诚地向胡扬道声对不起，并称以后有什么困难尽管去找他。

住院期间，胡扬白天没在医院守护我。尽管魏总每天都很繁忙，可他都要抽时间到医院来看望我，这令我很感动。可他却说："是我把你撞伤的，看望关心你，是我对你的歉意，不来关心你，我心里不安啊。"他每次说话都流露出十分关爱的表情，并有意地碰撞我的身体，我的潜意识里告诉我，这样下去一定不妙，就处处设防，用一些细微的动作来拒绝他的关爱。

在巨大的诱惑下我守卫了自己

出院那天，胡扬正好有一个紧急业务需要赶时间完成，他不能到医院来接我。出院的手续是魏总亲自办的。出院后魏总驾车把我直接送到他的办公室里。这天，公司已经放假，很清静。我仍不能

走动，只好在沙发上半躺着，这样继续下去我感到要出点什么事情，请魏总给胡扬打电话来接我。魏总迟迟不打。

空调将屋里温度明显升高，魏总脱掉外套坐在我身旁，他的脸红光焕发，有点控制不住手脚，心慌意乱，语言更是火辣辣的。我看要出事了，就明确告诉魏总，感谢他的关照，但我们之间只有友谊，我可没有别的想法，请他尊重我。

魏总毕竟是个聪明人，他做事决不毛躁，见我拒绝他就收敛了手脚，站起来对我很认真严肃地说："慧妹，自从我第一次见到你，我就认定你是一个不同寻常的女孩，因而，我一直都很尊重你，从来没有想到要伤害你。我对你爱慕已久，这次你受伤住院，老天爷给我安排了亲近的机会。说实话像我这样一个有地位有身份有钞票的男人，想要一个女人犹如喝杯酒水一样伸手可得，但我对你却是情有独钟，用心良苦费尽心思，都因真心爱你。今天我把话挑明，离婚我这一辈子是不可能的，只要你答应做我的情人，包你今生享尽荣华富贵，你想要什么我就给你什么，绝不打折。我从来不强求别人做不想做的事。你可考虑一下才答复我，其实想做我情人的女人，已经排起了长队，但我都把她们解散了。"

面对魏总的表白，我心热脸红，也为世界上有这样一个优秀的男人爱我而感动。他开出的条件，无疑是一只暴涨的股票，一次巨大的期货投资，险些让我做了青春的"志愿者"。

说实在的，魏总在我的心中是个很有魅力的男人，曾经让我在黑夜里想入非非。但我是一个很认真的女人，一向把感情视如生命一样珍贵，绝对不会把自己的青春当作商品，摆在谈判桌上推销。我用坚强的人格和友善的方式，拒绝了强大的诱惑。我十分明白：我在拒绝魏总的同时，也就选择自己新的人生。

春天已经来临，我的腿伤已经痊愈。在家疗伤期间，我已与胡扬商定辞去海湾房地产公司的职位，与男朋友一起打拼商场，共创事业和爱情婚姻的暖巢。

那天上午，我坚定地叩响了魏总办公室的门，进门后向他呈上了辞职报告。他翻阅了一下露出沉思的表情，围绕办公室走了两圈才启齿："是因为我？"我立即回答："有一定的因素，但不全是。"他又接着说："你不后悔？"我向他点头首肯。

"看来你的决心已定，我再挽留你也无济于事，人各有志，你好走。"当我迈出海湾房地产公司的大门时，我脑海反复出现在这里一年多来的艰辛奋斗片段，酸甜苦辣的滋味全部涌向心头，溶解在滑落的泪水里……

为了签约订单，他出卖了我们的爱情

胡扬也辞去了邦尼广告公司的工作。经过一段时间的筹划和奔波，我们的星苑广告公司终于挂牌营业了。

我们在激烈的商潮中拼命搏击游泳，时间就像海口街市上高速飞奔的汽车一样，我们苦心经营的广告公司，在激烈的竞争中，几番沉浮摸爬滚打也难让公司浮出水面，犹如一只在大海上漂游的小

舟，时刻都有可能被海水淹没。

一天，我获得一个重要信息：海湾房地产公司将投入巨大的广告费，来搞他们新楼盘的宣传促销活动。我与胡扬经过两天一夜的艰苦奋战，做好了一份为海湾房地产公司宣传促销的竞标书，信心百倍地向海湾房地产公司的宣传促销订单发起了进攻。

到了魏总的办公室，我们将精心策划的宣传促销方案呈给魏总。魏总接过认认真真地翻阅后说："你们这份计划很有想法，创意也新，我会认真对待的。不过，现在做广告的公司很多，可供选择合作的也不少，人情友情要占一定的因素，但最终还是要以最少的投资去获得最大的回报。"

自从将宣传促销策划方案交给了魏总之后，胡扬整天心中七上八下的，魏总几次叫他上门磋商有关细节都没能签订合同。魏总每次与胡扬谈判时都会有意识地把其他广告公司参与竞标的方案摆在桌案上，让胡扬感到竞争夺标的压力。

这份宣传促销合同，对于胡扬来说简直就是一块天鹅肉，他曾发誓哪怕不惜一切代价，也要拿到这份"订单"。

我们又与魏总相约见面，可每当恰谈到签订合同的关键时刻时，魏总就把话题转移。在我们几乎到了失去希望时，胡扬对魏总说："请魏总就干脆开出条件吧！"

魏总没有明确表态。他站起来对胡扬说："小胡，你先留下，我们再进一步研究一下合作的细节，慧妹你就先走吧。"

这天下午，胡扬激动得语无伦次地给我报喜："合同签了，我现在忙着去找人商量设计创意的事，今晚不回家了。慧妹，请你今晚8时去魏总的办公室拿合同书。"

如此巨大的一笔订单，我们终于搞定，这对我们来说真是天大的喜事，让我好高兴好兴奋好激动。晚上，我乘上电梯直上魏总的办公室，到了办公室门前我着意用手压了压怦怦跳动的心，然后轻轻地叩门："请——进。"话音刚落，魏总就开门把我引进了室内。

不知是兴奋紧张还是某种不祥的预感，我坐下后心儿总是慌慌的、腿也颤颤的，一时不知该说什么才好。魏总给我端来一杯水说："慧妹莫紧张，我们是老朋友了，今天你能答应来取合同书，让我好高兴。"说话间，他就用手紧紧握住我纤细的小手："慧妹，我们去签合同吧！"

我跟魏总进入他在办公室里的套间。他打开保险柜取出合同放在了床头柜上，并伸出手来扶我的腰说："慧，我心中的女神，请吧——"

我顺势坐在了他的床上，便伸手去拿合同书，可我的手还没拿到那张纸时，就被魏总紧紧捏住，他的身体就像山体滑坡一样向我覆盖而来。我惊呼："魏总，你想干什么？"

"我想干什么，你还不知道？我的美丽女神，以前我没有得到你是我的失误，没想到今天你主动送货上门，满足我的心愿，只要你乖乖地同我上床，这份合同就立即生效。"说话间，魏总张开双臂向我扑来。我用脚猛力把他踢翻在地。他慢慢地站起来对我说："你莫搞错，我从来不强求别人去做不愿意做的事，这是我们事先

谈好的签约条件，你要毁约也可以，我决不强求。"

"是谁跟你谈好这个条件的？"

"你来之前，他没有和你讲明白？"

天呀！原来是我的男朋友，胡扬为了能拿到这份合同订单，竟然同意出卖我的青春，拍卖给我以前的老板，来达到签约的目的。

嗡——我的大脑一片空白，真不敢相信我苦苦相恋的男人，为了签约订单，出卖我们的爱情，把我的青春作为附件文本，一同签单。呸！我决不答应！

我伸出有力的右手，一把抢过魏总手中高高举着的那份合同书，愤懑地把它撕得粉碎，满屋纸屑纷飞。

5天后，我收拾好破碎的心情，背着凌乱的行囊，毅然离开了海南岛，回到了阔别的故乡……

05 网上冲浪，击翻我浪漫的爱情方舟

有缘相遇喜结美好伉俪，独守空房进入网聊空间；

鼠标键盘演绎梦幻爱情，网络也能让人披上婚纱；虚拟

网婚击败现实婚姻，追寻网夫原是南柯一梦……

"网"事重提，我与警察哥哥喜结伉俪

21岁的我从四川财大毕业后在宜宾市一家房地产公司做出纳工作。

那年的夏天，我到市工商银行去取一笔款。当我把钱取出来之后离开银行还不到400米远，就被一个小偷从我的肩上抢去了钱包。我大声呼喊："抓贼——"一个警察像箭一般地向那个正在逃窜的小偷追去……

　　我还站在原地恐慌之时，那个警察就把抢我皮包的小偷带到我的面前说："小妹，数数钱少了没有？"我用颤抖的手打开皮包，见取的1万元钱仍是完整一叠，就说："没少没少。谢谢你。"我的话音未落他就带着小偷走了。他刚迈出两步又回头对我说："小妹，以后到银行取钱最好带个帮手。"我站在原地惊愕，还没来得及打量警察和向他致谢，他已经远走……

　　从此，那个警察的形象在我的脑海里留下了深深的烙印。

　　22岁到了恋爱的季节。可我心中的白马王子仍没出现在我的视野里。这年冬季，朋友给我介绍一位警察，名叫卫东，是从四川省公安学校毕业的，在市公安局巡警队工作。我以前对寻找爱人相信缘分，不愿意接受介绍的方式。往往别人好心给我介绍男朋友时，我都以种种理由拒绝，可这次朋友给我介绍的是一位警察，也许警察在我心中留下了美好的印象，也许警察是我心中崇拜的偶像，我很爽快地答应见面。

　　翠屏公园是我与警察相约见面的地点。那天，我步入公园的大门内，看见介绍人和那个警察已经在等候我了。警察没着制服，但我一眼就认出了他，他是那个帮我抓住小偷的警察。我慢慢地向他们走去，竭力抑制怦怦乱跳的心儿，我认定再往前走，将会决定我的今生情缘，我没有徘徊，立马向他走去。

　　介绍人把我们介绍给对方后就推脱有事走了。我与卫东漫步在翠屏公园里。卫东肯定没有认出我。我试探地问他去年夏天是否在中山街的工商银行前抓了一个小偷？他想了想说："我抓过的小偷太多了，不知你讲的是哪一次？"

"你想想，是为一个姑娘抓的小偷，那个姑娘是谁，你还记得吗？"卫东想了想说："难道那个姑娘是你？"冬日的暖阳熨烫得我暖烘烘的，我心犹如翠屏湖水荡漾起层层秋波。心仪已久的警察出现在我的生活中，爱情的花朵也就自然绽放。

我同卫东恋爱不慢不快地过去了两年时光，我们的爱情生活在一种正常的程序中运行，唯一的遗憾就是缺少浪漫细节。因而，我有时特意制造一些浪漫细节，调节我们的爱情生活。尔后，我们的爱情方舟就顺利地划向了恋爱的彼岸——我同卫东喜结伉俪。

卫东是一位人民的警察，身在特殊的岗位，尽管我们都在同一个城市上班，但夜晚时常是我一个人独对夜空，寂寞地守候空房，我们的婚后生活缺少一些浪漫的细节，这是我对婚姻的唯一遗憾。

在寂寞的夜晚里，我渴望找人倾诉，可朋友们都有自己的事，为了打发孤寂的夜晚生活，我无聊时就上上网。开始我在冷眼旁观网上爱情景象，欣赏着虚拟世界的浪漫与精彩，我感觉新鲜热烈、刺激好玩，自己也就情不自禁地参与其中。

网上聊天，与陌生的网友随意地、坦诚地、想说什么就讲什么，没有掩饰、没有忌讳，海阔天空任其发挥，真是一种快乐的宣泄，令我激情澎湃。我在"神侃"中熬过了无数寂寞的夜晚，填补了心灵的空虚。我迷恋上了网络聊天，沉迷于幻觉和虚拟的不安之中。

我本来想"过一把瘾就死"，玩过一次心跳就主动退出"网坛"。岂料上网容易下网难，很快就陷入其中不能自拔，我竟然从

一个旁观者转换成主角，不知不觉地步入了"网坛"的迷魂阵。

"网"事如风，爱情童话让我激情澎湃

迷住我的网友是一个名叫萤火虫的人。他同其他"网坛"高手有点与众不同，我在网上每一次与他对接都很投缘，在黑夜里萤火虫的光照亮了我的心空。

萤火虫在我的心中时时闪闪光亮。我不知不觉地把他当成了网上倾诉的知己，锁定成唯一的陌生好友。我不知道他身上有什么东西在吸引我，我走近他、欣赏他，甚至慢慢地对他产生了一种依恋。

那时，我担心自己会误入网恋，被卷入感情的旋涡，因而，就向卫东提出生个孩子，以便拴住自己的野心，把萤火虫的影子从我的脑海中挤走。可就在这个时候，卫东作为骨干，将被派到省里去培训半年。他说这个时候生孩子不是时候，到省城培训是一个充电提升自己的好机遇，一定不能放弃。他说得在理，我们就暂时放弃了生孩子的计划。

国庆节后，卫东就到省城接受培训去了。他一走，我更加迷恋上网络。那个时候，网络已成为我的第二生活，是每天一个很重要的节目，一天不上网心中就空荡荡的，一天不与萤火虫聊天，仿佛有一件工作没有做完。那段时间我上网晕头转向，在线自投罗网……

我与萤火虫的事发生实质上的变化，是从那个该死的情人节开始的。2月13日晚，我上网就看见萤火虫给我发来的一张贺卡。贺

卡的封面设计用"999"字变形成一朵含苞欲放的玫瑰花图案。在图案的底版上，一束鲜亮的阳光从空中渗透而下，天幕却飘飞着浪漫的阳光雨……

我看着屏幕发呆，心里有些惊惶。萤火虫似乎已经轻易抓住我曾经藏得很深的一些情愫，有的甚至我自己都没有清楚过。稍许，我就击键——

"谢谢你在这个特殊的日子，给我送来玫瑰花，令我好感动。"

"只要你开心，今后每年的这一天，我都会给你送上一束花。"

"作为一个女人，我还从来没有收到过陌生人送我这种令人心动的礼物，真是令我心潮激荡。"

"错！我们绝对不是陌生人，而是一对，一'网'情深的情人"……

这晚我敞开心扉向萤火虫倾诉了心曲，向他吐露了丈夫出差后我心情的冷漠空寂、内心的浮躁不安……我发现自己已经对萤火虫不自觉地产生了信任和依赖。下网时，我下载保存了他送给我的玫瑰花，仔细地端详他创意设计的图案时，撩拨我渴望浪漫的心。

我同丈夫认识到结婚已经两年多了，他从来没有满足过我的虚荣心，更没有送过我一束花，我感觉有点委屈。2月14日晚，我独自在街上"疯逛"，看见街上"情人节"的热烈，我浑身好像被风雪淋湿凉透了心底。

回到了冷清的家里，我就上网冲浪，以求激活我冰凉的心。我打开QQ，看见萤火虫给我发来的邮件：情人节快乐。我用萤火虫的

光去点亮你的心灯，激活你的情愫。让我们在这个情人节的夜晚里，不必掩饰心跳的频率，请打开你的心锁放进我给你的爱……

我曾看过一些轰轰烈烈的网恋故事，那时我根本不相信有什么网恋，更不相信在虚拟的空间里存在真情，只是把网恋看成某种流行的疾病，视为昙花盛开的爱情游戏，就像一句广告词"不在乎天长地久，只求曾经拥有"。今天，我已坠入网恋，就像一个少女躺进初恋的怀抱，让我体会到了久违的温馨与浪漫，从我的心海又长出了爱的嫩苗。

萤火虫就像黑暗的灯塔照耀着我生命的航程，使我浪漫地翱翔在幸福的海洋，一种久违的幸福拥抱着我，鼠标和键盘演绎的爱情柔情蜜意，时时感动得我热泪长流……

虚拟爱情似幻似梦，网络也能让人披上婚纱。我与萤火虫认识1月就涉及谈婚论嫁，婚礼定于3月18日，地点在一个网站的"情人阁"。那天晚上8点整，在"情人阁"里来了许多陌生的网友前来道喜。婚礼开始，屏幕上的萤火虫胸前戴上了新郎的标志，我的头上戴上了盖头；新郎伸手掀起盖头，我羞涩地露出了甜甜的笑靥。屏幕定格——洞房花烛夜……

我从虚拟的幻梦中被拉回到现实，激动的眼泪为幸福的人儿哗哗地流。

"网"事醒来，虚拟爱情原是南柯一梦

我与萤火虫"结婚"后，仿佛萤火虫就替代了卫东的角色，我与网上丈夫经常在线温馨聚会，荡漾在虚拟的婚床上激情澎湃，如火如荼，尽情享受精神的快感，弥补了独守空房的冷寂，使我忘记了卫东的存在。

卫东在省里参加培训结束回家了。他回来的那天如长途跋涉干渴的旅人，掬起我似清冽冽的泉水，狼吞虎咽之后就进入了梦乡。我却没有体会到"新婚不如久别"的那种令人心跳的感觉。在与卫东做爱时，我的脑海里竟然莫名其妙地出现的是萤火虫的身影，我感到对不起丈夫，我的道德在沦丧，心如被掏空似的，有一种前所未有的空虚与迷惘。

卫东回家之后，我不得不收敛与萤火虫在网上约会的时间，但心中时时刻刻都在惦记那个萤火虫。一天晚上，卫东值夜班，我就迫不及待地上网与萤火虫约会。啊，不得了，这段时日，萤火虫每天都给我发来消息，问我为何千呼万唤不出现？他见我终于在线，立即缠着我聊。

"太太，这些天你跑到哪儿去了？让我等得好苦好苦啊。"

"我也天天在想你，可丈夫从省城回来了，不便与你交谈。"

"没有你的日子里，我的生命就仿佛失去了意义。"

"我想你想在梦里头……"

"我们几天没有温存了，洞房已经点燃了红烛。"

　　"我每天晚上与丈夫做爱的时候，总把他当成是你的热体。"

　　"来吧，我已放好洗澡水。"

　　"好啊，我马上就去。"

　　这时我才从屏幕上抬起头，突然发现丈夫站在我的身后，他已经看到屏幕上的文字了。我的脸因紧张变得通红，等待丈夫的质问。

　　卫东平时做事虽然直爽，但在关键的时刻显得特别的老练稳重。他稳稳地坐在凳子上，像是在等待一个犯人向他主动投案自首。我没什么可向他坦白的，我只好向他解释道："这是网上游戏，我从来没有见过萤火虫，信不信由你！"

　　"我才不信！"卫东如惊雷一般。他从凳子上猛地腾起，随着"咚"的一响，他就走出了家门……

　　5天之后，我收到了人民法院的传票，卫东已经向法院诉讼离婚。在法庭上，卫东还起诉我与萤火虫在网上"结婚"，要求追究"第三者"的刑事责任。法官当场驳回了卫东的诉讼。法官向他解释道："网络婚姻"既无实质条件，也无法定程序，更不是法律意义上的婚姻，只不过双方通过网上交流时充斥着性的语言，超过一般友谊范畴，与伦理道德相违背，对此类现象，只能从社会舆论和道德自律方面来解决，现阶段法律对此无可奈何。

　　我与卫东的最后结局——离婚。离婚，对我的打击并非太大，因为在我的心中已经长出了爱情的新苗。我把离婚的消息立即告诉了萤火虫，同时，向他吐露出了想与他做现实生活夫妻的愿望。萤火虫几天后给我发来了一封邮件：

你有没有搞错，网上婚姻"过把瘾就死"，只是为了追求时髦的过程，在虚拟的世界里寻求一种精神快乐，而绝不是为了追求结果。我在现实生活中是个有妇之夫，离婚现在对我来说是不可能的，我们好聚好散吧。从此分手，解除网上"婚姻关系"。

我看着屏幕上的字，手定格在键盘上，停止了击键，大脑一片空白。

我曾经如此痴恋的网上情人，如今我却连他的真实身份，是哪儿的人或其他联络方式竟然一无所知。萤火虫这次给我留言之后，把我拉黑了。从此，我们就再也没有过网联了。直到现在，我才发现即使在虚拟的世界里也难寻觅到真情，让我幻想的爱情仍然被打得落花流水……

今天，我终于从追求浪漫的虚拟爱情中回到现实。网恋如梦啊！让我明白了人生的哲理：虚拟的浪漫绝对难寻幸福的人生，只有追求真实的生活，才能创造美好的人生。

06 合租同居，非典时候遇到的非常爱情

单身男女合租屋檐下，遵守约法三章"同居"生活；SARS 侵袭楼房被隔离，抗击非典调控恐慌心理；非常时期培育了非常情感，隔离之后带着非常爱情飞奔……

都市缘分，单身男女合租屋檐下

2003 年年初，我在成都市西二环路的一个小区里，租住了一套出租房，这是一套两室一厅的房子。我只租了一室，另一间暂时空着。我在这套房里刚住到第 10 天，那天我下班回到租的房屋里，开门后看见一个漂亮的女孩也在房里。我正纳闷之时，她先开口了，自我介绍叫芳芳，说合租一套房，每月可少付 400 元房租。

"认识你我很高兴。"我绅士地向她打招呼,"我们同住,以后请芳芳多多关照哈。"她笑口一开说:"相互关照。"

合租一套房,在当今都市里是很常态的事,没有什么特别的,可真正轮到我同一个女孩子合租一套房,还是令我感觉有些不太习惯,感觉有点别别扭扭的。

芳芳见我有点尴尬,她就说我都不怕你还怕什么,不过,我们得约法三章,她递给我一张纸条:"一、未经允许不得进入对方的房间;二、使用卫生间按国际惯例女士优先;三、水电气费共同支付……"我正在看着"约法三章",芳芳就自言自语道:"我为了保护权益不受侵犯,希望我们和平共处,请你按章就寝。"好男不跟女斗,我在被动中接受了芳芳的"同居条约"。

我是成都一家报纸的招聘记者,常常是白天采访夜里写稿。一天晚上,我在房里用电脑赶写稿件,我完稿后进卫生间洗漱时,看见一个人头上包着毛巾、脸上涂抹白粉、两只大眼闪动,我被吓得魂飞胆魄散:"活见鬼了。"

"胆小鬼,还是男人呢,女人做美容有什么可怕的。你试试不?蛮舒服的。"她开口说话,我才从惊魂中把悬着的心放回了原位。

"谢了。我不用,以后你再做鬼脸时,请在你的寝室里,别让我再受伤害。"

芳芳是个典型的现代都市新潮女孩,她是一家化妆品公司的营销员,生活多姿多彩。特别是在晚上,她经常外出参加朋友的"组织生活",走时还有意向我挑战:"走吧,跟我一起去赴约。"

"谢了，明天一早我就要交稿件，下次再去吧。"

"留你独守空房我很心疼，拜拜。"她轻快的脚步声咚咚咚地从楼道里消失。相比之下，我这个做记者的夜生活显得十分的枯燥，往往是白天采访，晚上赶稿，很少参与"都市放牛"的夜生活。

一个星期天我在家中赶写稿件，当我兴奋地写完稿子时，中午芳芳用满桌子的菜肴来犒劳我，让我这个单身男人享受到了久违的美餐。

吃饭时，芳芳说饭不能让我白吃，下午必须陪她逛街。我完成了稿子，心情愉悦，乐意陪她。

我们来到春熙路，芳芳一进入街市如鱼得水，在商店里穿来穿去，不是试穿裙子，就是试试鞋子，砍价还价，但她总是下不了决心，逛了两小时仍然一无所获。她的兴致很浓，而我天生不愿逛街，累得有些走不动了但仍然坚持，以免扫她的兴。

在青年路芳芳试穿了一件白裙子，她问我怎么样，"漂亮极了！"我伸出大拇指。服务员忙说："先生，你女朋友穿这件裙子真像白雪公主。"我与芳芳相视一笑。她付了款后高兴地穿着白裙子离开了这个商店。

不知不觉中春雨沙沙而下，我担心芳芳被雨淋湿，就急中生智地买了一把天堂伞送给芳芳。雨淅淅沥沥下个不停，她就拉着我与她同行在一把伞下，漫步地飘洒着春雨的街市……

偶尔，我们租住的房子里，也有一帮哥们儿姐妹光临。我与芳芳这对"临时组合"自然成了主人。一个星期天，我有几个报社的朋友来做客，朋友来的时候，芳芳已去街上采购食品去了。当我们坐在一起笑逐颜开神侃时，她提着两袋东西回来了。

"有美女相伴，也没给哥们儿报喜，不够意思。"

"别开玩笑，我们是一起租房的，介绍一下她叫芳芳，我的邻居。"

"是邻居还是同居？我看都一样。"

"同居又怎么的？"芳芳先发制人，反而让我的狐朋狗友无语可说了。"各位记者，认识你们我很高兴，今天我就尽主人之谊，做饭来犒劳你们。对了，以后你们给女朋友买化妆品，我给你们推荐产品，绝对的正宗货。"

芳芳做饭去了，朋友们就拿我开心："哥们儿，家中有一枝鲜花，天天闻着夜来香，爽！"

"芳芳漂亮大方、温柔贤惠，哥们儿有福气，羡慕不忌妒。"

"别拿我来开心了，好事哪能降临在我的身上。"

我与芳芳合租同住屋檐下，一直遵守"约法三章"，过着不亲不疏的"同居"生活。然而，自从哥们儿来了之后，我与她相处反而有些拘谨，仿佛两人都小心翼翼地怕去捅破那层纸。当那场肆虐的非典袭来之时，却把我们两人紧紧地套牢在一起……

SARS来临，我们隔离在出租房里

2003 年，全球爆发非典，使众多国家和地区面临一场疫病危

机，我国也受到 SARS 的侵袭，有的地方成了重灾区，深受其害。

4 月 29 日，我正准备回老家过五一节。30 日清晨我还躺在床上时，就听到楼下有救护车、警车的叫声。我正在惊愕之中，芳芳突然闯进我的房间说："我们这里有人得了非典？"

"你太敏感了，我们这里没有听说 SARS 来了，不可能吧？"说是这样说，其实，我心像被警戒绳拉扯，我从床上弹了起来。那时人人都敏感，时时高度警惕。我扑到窗台一看：楼下停有一辆救护车和几辆警车，有几个穿着防护服的人正在搬运担架，一会儿门外楼道里就响起了咚咚咚急促的脚步声。

芳芳开门一看："啊——楼上有人感染了非典！"她的话音刚落，楼下就开始广播："请五单元的全体住户注意，在你们单元里发现了输入性非典疑似病人，经区'防非办'决定，从现在起对五单元的全体住户实施封闭隔离，隔离时间 15 天。从现在起，全部限制出入，不准迈出家门一步。我们在楼下专门设立了服务点，你们有什么需要，请拨打电话与我们联系……"

"我们被隔离了。"站在凉台上我目睹楼下的警察已经在树木与楼房之间拉起了一条黄色警戒线。还有几位身着防护衣服的人在四周喷洒消毒药水，一股股呛鼻的气味从楼下飘上来。楼下的广播不停地播放着"隔离通知"。

那段时间闹非典，已给人们带来了从未有过的恐慌，面对 SARS 的肆虐，人们几乎不敢出门。不敢出门与不能出门是两回事儿。现在我们的门上已经被贴上了封条，谁敢出门就要负法律责任。

平时我们两个年轻人几乎不做饭，几乎没有预备什么吃的。我们被关在屋里，首先要解决的是吃饭问题，我就给楼下服务站打电话，可总是占线打不进去。于是，我们就先商量买些方便面以解决应急问题，其他东西以后再说。

面对非典，我们两个年轻人的心突然靠近了；面对困难，我们开始一起合作想办法解决。我迅速写好了要买的东西的字条，芳芳拿过纸条一看说还有一种"急件"需要买，我问是什么？她答是女孩用的东西，我立即明白了，就在纸条上加写买两包卫生巾。然后，放进一张100元的钞票，我正准备去开门，她立即挡住说不能开门，广播说里说开门SARS病毒就有可能入侵。

"怎样将装好钱和纸条的塑料袋放到楼下？"芳芳说用绳子从楼上吊下去，我们就忙碌寻找，将屋里能藏东西的地方都找了一遍，仍没有找到一根绳子。于是，芳芳就从衣柜里拿出一件毛衣"嚓嚓嚓"地扯开，我也仿效着帮忙扯毛衣，她就开始编织，很快就编出了一条长长的绳子，然后将塑料袋吊起放下楼。

楼下看见有东西往下面放，他们就接过袋子一看，然后按我们的需求，往里面放物品。我将塑料袋拉起来一看，方便面有了，还放有一只温度计，可卫生巾没有。她就打电话问，下面称卫生巾一会儿才能买到。

有福同享，有难同当。非典让我们更加懂得了人与人之间应该相互帮助、互相关爱。芳芳立即烧水煮面，解决用餐问题。我站在凉台上等待下面送来卫生巾。这次袋子里面还放了一张表格。这是

"非典办"紧急印制的，需要填写隔离住户的情况。其中一栏是住户关系。我问她怎么填写，她就反问我怎么填，我就用诙谐的口吻说："就填恋人关系吧！""怎么能这样填写，谁跟谁是恋人关系？"

"怕什么？非典时期，非常爱情，也许这次隔离，真的是我们的缘分，也许从此我们真的能成为一对恋人，我还得感谢非常时期给我送来一个林妹妹。"两人相视一笑。"你想怎么填就怎么填吧，过了隔离期我就重新租房住。"

"依我看在这非常时间，你就不要再挑剔了，我的条件也不错，我们应该算是门当户对的，你就同意吧，以免我们到了阴间还是一对处男处女，枉自来到人间走了一回。"

"我没心思跟你开玩笑，谁管你怎么填。"她羞涩一笑："快吃面吧，堵住你那张嘴。"

以前，我还认为非典离我非常遥远，可说来就真的来了，非典限制了我们出入的自由，隔离在房里恐慌是难免的。广播里反反复复播放着预防非典的措施：不要关窗，注意通风，讲究卫生，经常消毒……

"对，马上消毒。"我又放下袋子，很快楼下的工作员就给我们放入了两筒消毒药水。芳芳立即在房里喷射消毒液，满屋充塞着呛鼻的味道，她就又向屋里喷洒香水。我也积极行动起来打扫卫生，清除废旧物品。

一阵忙碌之后，我们仿佛疲惫不堪，坐在客厅里无言相对，束手无策。电视里正在播放着各地抗击非典的画面：万众一心，众志成城，迎难而来，抗击非典……

增强体质，战胜非典。我提议锻炼身体，芳芳响应。在室内进行体育锻炼，器材有限，项目有限，就先做俯卧撑。我率先带头，就势在客厅的地板上开始示范，连续做了 23 个。芳芳在我的鼓动下，只在沙发上撑了 3 个就说难度太大，实在支撑不起笨拙的身体，自认输了。她说改比仰卧起坐，这是她的强项。随即，她在沙发上连续做了 25 个，我又躺在地板上只做了 23 个，给她留点面子，一比一，算是打平。

强身健体虽然是抗击非典的一个好办法，可我们平时锻炼少，体力很难保证，两个回合下来都感到体力不支，软软地坐在沙发上。

我们虽然同住一屋，但白天都是各忙各的，很少坐在一起聊天。如今被隔离在同一屋檐下，才知道难以打发时间，而且，现在才刚刚开始，难熬的日子还在后面。非典带来的恐慌不得不让我们害怕。作为男人，心理承受力应该比女人坚强。因此，在这种非常时刻，我竭力表现出男人的刚毅。

响应号召，团结一心，抗击非典。我说不能坐以待毙，让非典把我们套牢在屋里。我尽量设法在我们租房的小小空间里，寻找可以排遣心理恐惧的节目。我就问她平时喜欢玩什么节目，她说会玩扑克牌，来捉乌龟吧？可屋里没有扑克牌，我就打电话，然后放下袋子，等待下面为我们送来扑克。

捉乌龟的节目开始，芳芳说谁输了就在谁的脸上贴一张纸条，

我说这种游戏老掉牙了不好玩。她就问我有何新招，我说谁输一盘就主动亲对方一下。在非常时期，为抗非典，她说只能用手背亲手背，我点头赞成。于是，游戏开始。先前几轮，我们还能按约定操作，可玩着玩着，我们就很难遵守规定，自然出现了出格的"惩罚"……

非典考验，初恋在非常时刻诞生

四川电视台开始播放晚间新闻，报道的头条消息，是我们这栋楼里一位住户，5天前从广州市回来后，昨晚高烧39度，出现了咳嗽、胸闷等症状，属输入性非典疑似病人，并将这家3口人，都送到专门收治非典病人的医院进行观察治疗，同时，政府已经采取了积极预防措施，已将这栋楼房实施隔离。随后，又播发了本市收治非典病人3例，疑似非典病人9例，报道说均属输入性……

"四川人口上亿，才3例非典病例，稀罕着呢，比中足彩的概率都少得多，没什么可怕的。来，我们继续锻炼身体。"这次我们进行的是跳舞。芳芳当教练，她教我跳三步舞，嘴里不停地喊着"一二三、嘣喳喳"，反反复复、一步一步地跳着分解动作，然后合练。

我平时乱蹦乱跳还行，可按要领跳舞就乱了节拍和脚步，浑身紧张、汗流浃背，几次踩了芳芳的脚后才渐渐与她合拍。

当我兴趣正浓时，我的手机响了，是百里之外的妈妈问我何时回家过五一节，我就向她老人家谎称单位要加班，不放假了。妈妈又叫我平时不要外出，注意预防非典。我就告诉她："妈妈你放心好了，儿子还没有结婚呢，阎王爷是不会收留我的，我好着呢。"接完电话，芳芳正在关她的房门。我立即对她说："请不要关门关窗，要保持通风，请你放心，我决不会在非常时期侵犯一个弱者。"

好难熬的夜晚。洁白的月光映进窗户，让人感到都市夜晚的凄凉。我躺在床上仿佛非典就要逼近我的窗口，伸出魔爪来卡住我的脖子，一种悲哀袭入通体。也许是同屋的感应，我听见对门的她在呜呜地哭泣，我就勇敢地走到她的床前关切地问："你做噩梦了？"她翻身起床，一把搂着我恸哭起来。我也受到了感染，与她相拥而哭。

"人在非常的时刻显得很脆弱，需要一种力量来支撑，才能战胜心中的恐惧，度过非常的时期。"芳芳问用什么力量来支撑，我脱口而出："爱情！"我当时想也没想就说："也许爱情的力量可以战胜恐慌，能抗击非典。"她用信任的目光注视着我，赞同我的观点。我勇敢地把芳芳搂抱在怀中，用俩人爱的合力，来赶走似魔鬼缠身的非典……

是兴奋还是激动？是恐惧还是紧张？是爱的力量还是俩人的合力？也许都有，才让我们心定地住在出租的房屋里，迎接非典带来的挑战。白天我们强身健体，热量消耗太多，夜里我感到肚里空空荡荡的，寻找东西来充饥，可除了方便面，只在厨房里找到了3瓶啤酒。喝酒，没有菜，我就打电话到服务站，请他们帮助购买。回

话称只有火腿肠，我就放下绳子去接食物，芳芳还找出了零食，我们便开始猜拳饮酒，欢乐赶走了忧郁，愉快代替了烦恼，仿佛非典已经离我们远去。

喝啤酒的节目完毕之后，睡意就靠近了我。在迷迷糊糊之中，我仿佛听到喘息和咳嗽声，便开灯一看：芳芳蜷缩在沙发上，我立刻紧张起来，问她哪儿不舒服，她说可能是感染了非典，我说你不要吓我，她就从腋下取出温度计让我看体温：39.5度。顿时我全身紧张起来，SARS 真的是"霎时"，说来就来了，不行，趁早报告，晚了就来不及了，我拿出手机时她却伸手抢了过去说："你怕吗？""不怕，有我在，不要紧张。"芳芳就向我求援，叫我扶她起来，我想也没想就伸手把她抱在怀里。她又轻轻地问我："你真的不怕吗？"我答："现在这种非常时期，还说怕不怕的，赶快准备，到医院去治疗。"

"我不去医院，一进医院就被隔离，我若是进了医院也许从此就再也见不到你了。"

"有人得非典必须报告，这是义务。"

"我得了非典你还会爱我吗？"

"我们去住院吧，我跟你住在一起，用爱的力量来战胜非典。"

"为了爱情非典都不怕，你是一个有责任心的男人，一个女人能找这样的男人作为伴侣，一生都有安全感，我对你的考验合格，答应做你的恋人。"语毕，她莞尔一笑，在我的额头上叭一个响吻。

我就势用手摸摸她的额头："你不发烧了？"

"我本来就没有发烧。"

"那你的体温怎么是高烧？"

"傻蛋，我刚才把温度计插进热水里，故意考验你怕不怕非典……"

"在这种非常时期，你还有心恶作剧，我要好好地收拾你！"……

我在这场非常考验中赢得了爱情。当我们带着初恋的爱情走出被隔离的出租房时，天空蔚蓝阳光明媚，空气清新心情好爽！

07 一键钟情，男友用爱支撑
残腿女友重新站立

阳光上网与雪花相识，一"键"钟情突然失踪；他
打探到她遭遇车祸，奔走几千里帮助女友；她无钱医治
时接到宜宾治伤，用爱支撑残腿女友重新站立……

网上聊天，阳光与雪花一"键"钟情

笔者采访郑小雪时，她首先抬起刚取过钢板的伤腿，然后站起来走了几步说："今天我能走路，是杨阳和他们一家人用爱来帮助我，才使我一个面临残疾的人又重新站了起来……"随着她的讲述，让人们看到了这个由网恋引发的暖心动人的故事……

这天是中秋节，阳光（杨阳的网名）记得清清楚楚，本是与亲人团圆的日子，他却独在异乡，感到孤独寂寞。晚饭后他来到办公室。办公室里空空荡荡，思念亲人的情绪满满，秋老虎仍然闷热烘烤，赤背也挡不住热浪心烦。他想赶走寂寞，打开电脑上网。他打开网页漫无目地搜索着，好像没有发现自己要看的东西。他心中郁闷想找人倾诉，排遣孤独。

每逢佳节倍思亲。他拨通了远在200多里外家中的电话，向爸爸妈妈致以节日的问候祝福。然后，他回过头来看见电脑屏幕上跳动的画面，好奇地进入了一个QQ聊天室。

好一番热闹景象。在这"万家团圆"的中秋之夜，还有这么多人在聊天，真是热闹非凡。阳光一旁观看，觉得聊天实在是好玩好笑又好看，他也情不自禁地加入其中。

键盘上演绎的故事神奇莫测，虚幻迷离，阳光早有所闻。以前，他也偶尔加入其中，在网上当一个"匆匆的过客"。今夜，他已与几个人进行了"过招"，来来去去地打发消遣无聊的时光。也许是孤独，也许是因为大家团圆去了，他找不到人倾诉，就在网上寻找倾诉的对象，宣泄年轻人的剩余热情。

嗒嗒嗒……键盘不停地敲打着，言不由衷的文字从电脑屏幕上飞来飞去。突然，一朵雪花向阳光飘飘洒洒飞来——

今天是中秋节，你怎么不回家同亲人一起赏月？

独在他乡为异客。也许你也是一个孤独的牧羊人吧？好，让我们同在一个月光下赏月吧。

阳光这个名字有点俗，阳光男孩已经失去了魅力，吸引不了别人的注意。

少管闲事多发财，俗与不俗是父母给的，关你屁事。难道雪花（郑小雪的网名）又能凉爽别人燥热的心？

……时间在键盘上流逝。阳光同雪花过招出击，你来我往，难分胜负。阳光又在键盘上输出一行字：

雪花遭遇阳光，就会融化。

呵呵。你太滑稽太幽默了，斗不过你，逃为上策。

等等，初次相会，我要送你一个礼物。

阳光画了一个图：一轮明月当空，一个男孩一个女孩坐在月光下，抬头望明月。画中飘洒着雪花，从雪花中透射出灿烂的阳光。他又在画的下面写了一行文字：

雪花，好一个清爽的名字。在这夏日燥热的夜晚里，让我感觉好爽好爽！

阳光看了一下自己的作品，觉得创意很好。嗒——用力击了回车键，将自己的画发送给了雪花。并把"雪花"锁定在QQ好友名单上。

下线关机后，阳光抬手看表：3点10分，今晚的时光过得太快了。他躺在床上辗转反侧，灼热的夜空烤得他难入梦乡。他闭目仰天，大脑的屏幕里全是与雪花对话的文字。真是莫名其妙，难道真的遭遇了一"键"钟情的故事。

翌日晚饭后，阳光又迫不及待地走进办公室上网，打开QQ，不见雪花的踪影，他的心中有点失落，一面漫不经心地在线"观战"，一面焦急地等待雪花的出现。

QQ跳出，雪花闪现。阳光跟踪追击，两人开始对接——

你送我的画收到了，谢谢你。我还从来没有收到过男生送给我的礼物。

也许我们今生注定有缘，雪花一定会被阳光融化……

阳光与雪花这两个年轻人，从此开始在网上频繁交流，倾心交谈。他们不但在网上倾诉心曲，而且还经常通电话，聆听对方的心声。阳光得知雪花7岁时，妈妈就生病去世了，17岁时爸爸也不幸离开了人世。可她坚强地在不幸的人生中自强自立，如今在河南省商丘市一家四星级酒店上班。

阳光从心底里钦佩雪花这个自强不息的女孩，并渐渐地喜爱上了网上的雪花。从此，他们开始在网络虚拟的世界，一"网"情深……

雪花神秘失踪，阳光追寻3000公里情真意切

9月20日是阳光的生日。白天忙完工作之后，夜晚他又迫不及待地上网，等待网上恋人送来生日的祝福。他打开电脑却不见雪花的影子，心中有一点失意。约好了今天要相见的她为何失约？他在网上焦急地等待她的出现，时间过去了1小时、2小时仍不见她的形影，他坚持不住了就拨通了她的电话。

雪花的电话无人接听。时间又煎熬地过去了1个多小时，仍不见她露面。他熬不住了，只好垂头丧气地回到寝室蒙头叹息。

阳光平日与雪花网上聊天，电话倾情，给他带来了许多快乐和心灵的安慰。虽说是网上恋爱，可他们真心面对，坦诚交心，情深意笃。可在他生日之时，却得不到恋人的问候祝福，实在是令他百思不得其解，这个夜晚他好难过好难熬啊。

第二天、第三天、第五天过去了，仍没有雪花的音讯。阳光在网上一次次地搜索，一次次地寻呼留言，反反复复地打电话，她就是千呼万唤不出来。他心力交瘁，坐立不安，失魂落魄，茶饭不思。难道她就这样在他的人生旅途中成为一个匆匆的过客，不见雪花心不甘啊。

朋友们见阳光失意落魄的情形，就劝告他说你别太认真了，为了一个网上的恋人，搞得自己痛不欲生的又何苦哪。难道你还不知道网友网友，网得你一无所有；网恋网恋，一辈子不要见面吗？你可千万不要把网恋当真啊。

阳光是一个对事情十分认真的人。他不知道雪花的下落决不甘心。他想方设法寻找她的下落。第七天，他终于从雪花的朋友处打听到了她的消息：20日下午，雪花骑摩托车，被一辆迎面开过来的汽车相撞，把她撞翻在几米外的沟里，她的右腿被撞成粉碎性骨折，当场就昏了过去，随身携带的钱和手机也丢失。当120急救车把她送到商丘市二医院时，她仍在昏迷之中。

　　阳光得知雪花因车祸受伤时，他首先是查询商丘市二医院的电话，然后问到了她的主治医生的手机，他拨通了医生的电话。医生告诉他：雪花送到医院时满身血淋淋的，因为她当时处在昏迷中，身上一无所有，无法与她的家人取得联系，只好等到她从昏迷中醒来后才给她做了手术。手术还是比较成功的，但是，她的伤势太重，很难保证她今后还能否站起来。

　　阳光恳请医生将手机送到雪花的病床前，他要跟她通话。无论他怎样呼喊她都不说话，只有呜呜呜的哭泣声音来回答他。

　　"雪花，你伤得如何？"过了一会儿雪花才说："阳光，我们在网上认识一年多，谢谢你带给我的快乐和友情。现在我的伤势很难料定，也许要成为一个残疾人，今生就再也站不起来了。从今以后我不会去上网了，阳光，请你忘了我吧。"

　　"你不要灰心丧气，一定要坚强起来，人生的道路就是坎坎坷坷的，但只要有信心，就没有迈不过去的沟沟坎坎，你好好地治伤，我马上去商丘看你。"

　　"我们相距太遥远了，你就不要来了……"雪花在一片抽泣声

中挂断了电话。阳光放下电话后，立即决定奔赴商丘市，去看望帮助心中的恋人。而他的爸爸妈妈、朋友知道他的这一决定时都劝说他："你不要去了，何必为一个没有见过面的姑娘如此用心呢？你又没有责任和义务，非得去帮助她，假若她真的成为一个残疾人，不就是自找麻烦吗？你可要三思而行啊。"

阳光却顾不了这些。他知道雪花从小失去了父母，是一个苦命的女孩。在她人生落难时，他应该勇敢地站出来帮助她渡过难关。尽管自己没有见过雪花，但他已经把她锁定在心底，视她为知音，早已把她当成生活中的女朋友，相知相爱的恋人。当恋人遇到困难时自己怎能退缩，且能撒手不管？这样做还算人吗。人都应该讲诚信讲道德，要助人为乐。因此，他义无反顾地奔赴 3000 多公里外的河南商丘市。

阳光于 9 月 27 日晚，从宜宾登上了开往河南省商丘市的列车。这期间正值国庆节，一路上他把旅途的艰辛抛到脑后，马不停蹄地奔跑，终于在 30 日凌晨 2 时到了商丘市火车站。

是日晚，雪花静静地躺在病床上睡不着，她的两只耳朵总是发烧，好像有一种莫名其妙的感觉，好像今天有什么事情要发生似的。

阳光走出火车站，他心急如焚地打的到了商丘市第二人民医院。医生破例让他看望雪花，他来到她的病房外，此时的雪花还没有入睡，她透过走廊上的灯光看见一个高高的人影站在门外，这么晚了还会有谁来医院？难道真的是他来了？

阳光轻轻地推开病房一看，这个病房里有 3 个病床，其中两个病床上发出了均匀的鼾声，只有一个病人还没有睡着，他猜测那个没有睡着的人也许就是雪花。他轻轻地向那个病人的病床走去。

雪花着意打量走来的这个男孩：他身背一个红色旅行包，疲劳憔悴的轮廓，很像照片上的阳光，她突然感到羞涩，用力将被子捂盖着头部。

阳光看见这个病人的突然举动，他心中明白了她就是雪花。于是，他走到她的病床前轻轻地呼喊："雪花雪花，我是阳光，我来看你了。""你真的来了。"阳光向她伸出了手："真的来了！"她用手紧紧地握着阳光的手，激动得"哇——"的一声，用泪水给阳光洗尘……

用心呵护，爱情创造了她重新站立的奇迹

阳光和雪花这两个年轻人，经过了一年多的键盘交流，网上聊天，他们曾经构思过无数相见的场面，畅想过若干种相逢的场景，可万万没有想到，双方却是在这种场合握着对方的手。

雪花被车撞成小腿骨折，膝盖粉碎性骨折，腿上打着石膏，整天躺在床上丝毫不能动作。阳光就主动担起护理照顾她的任务。他整天就守护在她的病床前，为她送饭送水、端屎端尿；夜晚，他就伏在她的病床边上，热忱地鼓励她树立坚强的信心，战胜伤残的勇气，同时给她讲故事，讲四川的秀美景色、风土人情……

雪花同阳光的网恋爱情故事，在医院不胫而走，医生护士、病

友们都被他们的故事深深地感动了，尤其是被阳光的真情所打动了。

阳光来到雪花的身边5天后，经医生检查发现雪花的伤腿出现了"错位"，也许会造成终身残疾。当她知道这一结果时，一改往日的开朗而变得焦躁不安，心烦意乱，无缘无故地对他发火。那时，她心里想：因为他们有过网恋的过程，阳光才千里迢迢来看她，他只不过是为了尽一个网友的义务，也许是可怜弱者才来帮助关心自己。他是一个优秀的男孩，可她如今已经成了残疾人，是一个累赘，她不配他，他也不会要她的。再说，让他在医院整天陪着她一起受苦受罪，她的心里承受不了这种压力、这种负担……因而，她就天天对阳光莫名其妙地生气，赶他离开商丘回宜宾。

阳光为了稳定雪花的思想，让她安心治伤，只好依依不舍地、无可奈何地离开了病床上的恋人。可人回到宜宾，心却仍然留在了她的身上。他知道她由于刚参加工作不久，住院和手术费也基本上花光了所有的积蓄，他实实在在地整天为她揪心。一天，他打电话到医院，医生告诉他雪花因无钱住院回家养伤去了。

阳光就立即给雪花打电话："宜宾有个治疗骨伤的专科医院，我去咨询过了，他们说你的腿能治好，不会成为残疾的，我决定去商丘接你来宜宾治疗……"雪花再次被阳光的真心真情真爱而感动了。

5天后，阳光又来到了商丘市。翌日晚，他就带着雪花从商丘乘上火车，到了成都火车站后他又租了一辆小面包车，将雪花接到了宜宾治疗。

雪花在宜宾治伤期间，阳光还从老家请来母亲专门照顾她。他也不时利用工余时间、节假日、星期天到医院去陪伴雪花。她的腿伤还比较好医治，但膝盖粉碎性骨折就最难医治和恢复了。经过医院8个多月的医治和两次手术，以及阳光母子的精心呵护，雪花自身坚持锻炼，一天一天地、逐渐逐渐地好起来了。

　　雪花在医院饱受了200多天腿伤的折磨和痛苦之后，她终于在爱的支撑下，又奇迹般地重新站立起来了！

　　住院花费太高了，两次手术费就用了1.5万多元，手术费和医药费全是阳光和他家里出的，这令雪花很有些过意不去，她就坚决要求出院治疗、锻炼恢复。于是，阳光的母亲就把雪花带到宜宾市临时居住的家中休养。

　　一月过去了，雪花在阳光的搀扶下，靠着拐杖能走路了；两月过去了，雪花丢了拐杖也能行走……

　　半年之后，雪花腿上的钢板就被取出来了，她仍在阳光家里锻炼恢复之中……

　　在采访雪花时，她说从河南来到宜宾治伤已经一年多了，在阳光及其一家人的关爱中，她天天都感受到温暖，时时都体验到幸福。尽管她在人生的道路上遇到了不幸，但有了阳光用爱来支撑和搀扶，她一定能走过这段坎坷的路程，有阳光的搀扶，她一定能重新迈向人生新的旅程……

08　爱过无悔，我追寻到偶像后带着爱情出逃

人海茫茫追寻你，相逢仿佛在梦里；美好记忆藏心底，真心爱过无怨无悔；虽然爱你更爱自己，逃离港湾有勇气；人生旅途风雨豪迈，追求最爱从头再来……

一见倾心，暗恋老师激活爱情童话

儿子满满 3 岁的生日，他问我爸爸怎么还不回家给我过生日？我就告诉他，你爸爸在国外上班。我知道这个秘密终究是要被揭穿的。

其实，儿子的爸爸是谁，就连我的亲人和周围的人也不得而知，这是在我心中锁了 3 年的秘密。锁着这个秘密，时常令我恐慌、烦闷、浮躁，甚至产生了严重的心病，压抑得我时时不安，有时就想去看看心理医生。但我又否定了这种想法。因为打开我心门的钥匙，只能靠自己开锁解密，才能使我得到安宁，心病也许就会不治而愈了。

19岁的我幸运地考上了师范大学美术系。我从小喜欢美术音乐，具有良好的艺术修养，而且天资聪颖，人又长得清秀漂亮，自然成了男生关注的"焦点"人物。尽管我进校以后就有不少男生向我发起爱情"进攻"，可我都采取了正当防卫，把他们射向我的丘比特之箭挡在了心门之外。

我对爱情天生迟钝，到了20岁还没有对任何男人产生过冲动，更谈不上去追求爱情。谁料爱情说来就来了，来势凶猛，势不可当。那是大二的第一学期，我们系开设了美术欣赏课。听说授课老师秦溽是一个才华出众的年轻人，他已有3件美术作品在全国获奖。他第一次给我们上课时，我开始没有认真注视他。可他一开口讲课，我就被他那具有磁性的男中音深深吸引，他每讲一句话，仿佛让我听到一首动人心弦的乐曲。

我开始抬头傻傻地瞧他。他那会说话的眼睛与我相接，就像夜幕里看见两颗星灯，把我心照亮，心中的热血开始奔腾，心也在胸中抑制不住地狂跳，像要蹦跳出来；他那风度翩翩的姿态和气质，令我赏心悦目，崇拜倾心。他在我的生活中出现，为我打开了爱情词典，激活了我的爱情童话。我突然觉得在人生21岁的时候遭遇了爱情，而且很惨，无可救药。

从此以后，我就每天都盼望秦溽上课。每到他来给我们上课时，

我就早早地来到教室的走廊等待秦老师，以求获得一次与他打招呼的机会。当他上课时我就用情地听他讲课，专心地记笔记。一次，我在习作时就把画他的像作为作业，交他赐教，可他在我的作业上批注了"专心听课"4个字，我胸中热情的火苗，被他的话语浇灭，心从头凉到通体。

每当秦溽上课离开教室时，我就匆匆地追到走廊上，目送他渐渐消失的背影。有时面对秦老师，我又腼腆脸红，鼓足勇气才敢与他对上一句语无伦次的话。记得他教我们一个学期，我与他的对话相加还不到5句。我那时暗恋他到了一种痴迷的程度。我曾设想过多种方式向他表白——我爱你！但终因缺乏勇气而放弃。

秦溽是个有妇之夫，我不敢冒昧地闯入他的生活，而且，我更怕被他拒绝，使我的春梦早早破灭。但我实实在在暗恋他、迷恋他、痴情他、钟情他。于是，我就时常在黑夜里虚拟这样的情境：在校园里他牵着我纤细的小手漫步，我不时地依偎在他宽阔的胸膛，甜甜蜜蜜地享受人生的美好春光……

后来，听说秦溽辞职到深圳去开办美术广告设计公司去了。当时，我心空得大哭一场，还把他教的教材拿出来撕得粉碎，以此来发泄遗憾和痴心。当我发泄之后又感到了一种潜意识的满足：秦溽是一个人去的深圳，没有携家带口，这样也许让我在失望中看到了奢望。

人海茫茫，我去寻觅心中崇拜的偶像

我毕业后，毅然放弃了爸爸妈妈为我在宜宾市一所重点中学安排的工作，义无反顾地去深圳追寻心中崇拜的偶像，去寻求人生价值的体现和对未来的憧憬。

我到了深圳后很茫然。因为秦潆离开学校两年了，我只是听说他到了深圳，但从来没有过他确切的信息。还好，在深圳激烈的用人竞争中，我很快就在蛇口一家港商开的印务公司，谋到了一个做文秘的职位。

老板给我派的工作就是每天接听电话，有客户就陪他们玩耍吃饭、唱歌跳舞。老板吩咐要用心接待好客户，若能帮助公司留住客户，每签约一份订单，可以得到一笔奖金。因此，在工作上我很卖力，在接待每一位客户时，我都热情大方，努力为公司促成业务。

开始时，我庆幸凭自己的实力和能力赢得了这份收入可观又轻快的工作。后来，我渐渐地明白了老板为何给我高薪，不是因为我的才华和智慧和工作能力，而是在利用我的年轻美貌的资源，为公司赢得利润。很多客户在与公司洽谈业务时，只要我给客户敬酒、陪他们唱歌跳舞，让那些客户在一半清醒一半醉意之时，老板就满意地签约了一份又一份订单。

我到深圳后就时时刻刻注意寻找秦潆，用心记住每一家美术广告公司的地址和电话号码。我曾在深圳询问了几十家广告公司，在人海茫茫中寻觅他的踪影，但都没有寻找到他的任何消息。

工作的内容天天都在重复，所做的事情也在无限循环，天长日久令人生厌，甚至感到灵魂在沉沦。因为几乎天天在"酒精沙场"陪同客户操练，在"潇洒走一回"中磨损青春，消耗了自己的智慧。特别让人生厌的是时时刻刻周旋在那些"醉舞"的客户的搂搂抱抱之中，不时遭到性骚扰，若拒绝不当客户生气一走，老板就立即给你出示"黄牌"警告，并宣布若再次发生类似情况就出"红牌"。

我来深圳快一年时间了，可还是没有见到秦溗。加之对工作的厌倦，这时我真有点后悔当初的选择，为何要远离亲人来到这座陌生的城市，难道真的能在这里找到秦溗吗？就算找到了他又会怎么样？若一无所获离开深圳，我心不甘啊。因此，我只好天天匆匆忙忙地在人海中奔波。

我在人海中"放鱼"，突然接到老板打来的电话，称公司里来了一位做印刷的大客户，叫我马上回去接待。当我回到办公室时，放眼看去，看见了我心目中的男神——秦溗。

千万里追寻着他，可在茫茫商海突然邂逅他，一时搞得我六神无主，手脚无措。好在秦溗认出了我，他彬彬有礼地向我伸手："静静，幸会幸会，真没想到你来了深圳。"我握着他有力的大手，差一点掉下眼泪，几年的思念浓缩成一句"秦老师好"！才忍住泪水。

这天下午，是我们两个人的世界，我们聚在梦幻酒吧，敞开了胸怀，互告了这段人生的经历。他比以前显得更加成熟更有男人的魅力。我与他坐在一起，心儿一直怦怦乱跳，眼光不知落在哪里，手脚也不知如何放才对。

男神出现，偶像就在眼前，我决不放过千载难逢的机遇，就向他打开了心门，倾吐了我对他朝思暮想的暗恋思恋想恋爱恋……像泪水一样哗哗啦啦地洒在了他的胸口。

秦潆听完我的倾吐之后沉默了一会儿说："静静，你别拿老师来开心，我哪有你想象得那么完美。"

"我真的很爱你！"讲完这句话之后，我的眼泪再也止不住地往下倾泻。这时，秦潆用餐巾纸给我轻轻地擦眼泪。我再也控制不住自己，一头跌进他宽慰的怀里……

典当爱情，垒筑的暖巢温馨又透风

那年秦潆辞职到深圳，开办了一家美术广告公司，经过4年的拼搏奋斗，他在深圳的广告界激烈竞争的环境里，已经播种生根，耕耘茂盛，并步入了富人圈的生活环境。

那天与秦潆相遇后，他请邀我去他的公司，我毫不犹豫地接受了他的邀请。我到秦潆的公司上班，他把我带到一套装修华丽的两室一厅的房子里对我说："这里叫灵妙居，今后就是你办公和住宿的地方。"我很感谢他为我安排这样好的条件。

那天晚上，秦潆说为我接风，订餐送到了灵妙居。在只有我们两人的宴席上，他非常高兴地举起杯子，同我碰了一杯又一杯。我也特别兴奋激动，在醉意蒙眬中，他把电脑的音响打开，邀请我跳舞。

　　我们很自然地放松相拥跳舞。我把头轻轻地靠在他的肩上，他用双手搂着我。我开始心跳狂热、激动颤抖，渐渐地呼吸加快……这一夜，我把自己坚守 24 年的女儿身，全部典当给了灵妙居，任他潇洒狂野，挥霍一空。

　　当我从"天翻地覆"的眩晕中回到现实时，我面对追随已久、心仪崇拜的男人搂着我娇柔的身躯，不知是喜是悲还是痛？问秦潆我们今后怎么样相处，他说："只要我们俩人都快活，就达到了人生的最高境界。"

　　尽管我曾设想过与秦潆重逢的多种方式，但我面对这一种结果是从来没有设想过的，完完全全出乎我的预料，打乱了我精心设计的程序。从此，我的女人身体像被黑客入侵，人生程序中了病毒，整天痴迷黑屏，捧着青春，奉献给我的男神，无怨无悔，同时感到无限幸福和满足。

　　第二天是星期日，秦潆就驾着他的奔驰车，带着我在深圳兜风狂野，并给我购买了数万元的衣服和首饰，我在每换上一件他买的新衣服时，都回报他一个婀娜多姿的亲吻。

　　此后，秦潆大多数夜晚都来灵妙居过夜，在我们临时垒筑的爱巢中放纵欲望，恣意疯狂。当时，我一个漂泊在异乡的女子，能在红尘激荡中寻找到一个温馨的港湾，得到心爱男人的呵护与关爱，我以为这是上天的恩赐。

　　那年元旦，秦潆回重庆去了。这天我起床后身体不舒适，不一会儿我就开始呕吐起来。这种现象明显表明我是怀孕了。当时，我十分兴奋，与心爱的男人制造出爱情的作品，幸福的滋味涌向心头，我就把这一喜讯告诉他，与他分享幸福。

当我还没有把怀孕的喜讯讲完时，秦潞就在电话中语无伦次地说："公司里的事情你去处理好了，我现在同太太一起在外面度假，请不要打搅我。"话音刚落他就关了手机，再打他的电话就无应答了。

喧哗的都市灯火通明，夜晚的海风呼呼地吹。夜幕下，我一个人孤寂地躺在灵妙居的床上辗转反侧，心似刀割一样疼，两眼望着天花板发愣：我该怎么办？一行行清凉的泪水把我的脸洗得无限伤悲。

我在恍恍惚惚煎煎熬熬中痛苦地等待，时间走过了7天，秦潞终于从重庆返回了深圳。他一进灵妙居，一改往日亲昵举动，开口就问事情处理完没有？我问："处理什么？"他说："孩子。"我就撒娇地对他说："他是我们爱情的结晶，我怎么舍得把他处理掉，我一定要把他生下来。"

秦潞说："你开什么玩笑？生下来今后怎么办？"

"我们结婚啊。""结婚？我从来没有想过，这是不可能的。"我问为什么？他说："我的太太为了我做出了很大的牺牲，在我困难的时候，她又擎起温暖的双手支撑着我们的家庭，才使我的事业有了今天，我绝不会做一个忘恩负义的男人，这一辈子也不可能同太太离婚的。"

我问他难道我们没有爱？他说："有。但爱情决不同等于婚姻。

婚姻的要素构成，不仅仅是爱。"

最难熬的一夜。这晚我们两人都失去了以前的心境和激情。我们曾经精心营造的温馨爱巢，仿佛一夜之间被海风吹袭，使我浑身感觉冰凉冰凉的，行行泪珠发泄着我心中的苦水……

尘缘逝去，我追求最爱从头再来

我同秦潆像在生意场上，经过"离婚和打掉孩子"几个回合的激烈谈判，都有没有达成双方同意签约的目的。

像秦潆这样一个成熟的男人，要他与太太离婚同我结婚是绝对做不到的。但要我打肚里的一坨肉，我也绝不会妥协。

因为我珍惜我同秦潆的这段尘缘，更加珍爱我与他共同制造的爱情作品，我视他为我生命中最辉煌的成果。即使我不能与秦潆有一个完美的结局，但我有他留给我的爱情作品，今生也就心满意足了。

那年8月2日，我生下了儿子，取名满满。名字虽土，但有特殊的意义，也就是说我同秦潆这段情缘，虽然我没有完整地得到他，可他给了我爱，给了我生命的再生，让我们获得了爱情的结果，这对我来说就心满情满了。

秦潆对我生的儿子还是十分喜爱疼爱的。在我坐月子期间，他请了一个专职保姆来照顾我，他也经常抽空来陪陪我。

孩子两月之后我就让保姆走了。这段时间我就在灵妙居精心养育满满。感觉时间虽然漫长，却匆匆易逝。转眼满满快1岁了。儿子渐渐长大，开口咿呀学语了。在这种时候不得不思考我的路该怎么走？也不由自主地开始为自己的今后盘算起来，准确地说是为了满满盘算。

继续留在深圳，依靠秦溁过着悠闲的生活，那与他的情缘就难割断，我今生也许就只能做一只关在笼里的爱情鸟，最终还是一个无言的结局。而更重要的是，怕今后孩子受到伤害。那么，我们又何必像藤萝一样依靠大树。我不是那种达不到目的就决不罢休，得不到他就要去伤害对方的女人。我还年轻，应该有自己的事业，应该为我的未来着想，去追求自己的理想，去实现自己的人生目标。

离开，还是留下？就像哈姆莱特的"生存与毁灭"那样让我难以抉择。最终，理智战胜了情感，我决定——走！

果断抉择，我的心中突然明朗，情不自禁地吟唱起了自编的歌：人海茫茫追寻你／相逢仿佛在梦里／真心爱过无怨无悔／美好记忆藏心底／虽然爱你更爱自己／逃离港湾有勇气／人生旅途风雨豪迈／追求最爱从头再来……

那年8月2日，满满周岁生日，秦溁也专门来灵妙居为儿子过生日。在给满满点生日蜡烛时，我默默地在心里为儿子许愿：我们从此就要离开你爸爸了，不是妈妈心狠，而是为了你今后不受委屈，健康成长。

晚上，我的心情就像乱麻一团，剪不断理不清。但我竭尽全力表现幸福的神情，给了秦溁最后一次温柔温存温爱，留给他最后一

次激动激烈激情。当他热烈退潮之后，就心满意足地进入了迷恋的幻梦里。

清晨，我早早地起床为秦浒精心地煮好了早餐。他吃过早餐之后匆匆地上班去了。我立即在写字台上给他留言：

秦浒，当你看到这张纸条时我们已离开了深圳。请你珍重我的自尊，千万不要来寻找我们，让我和孩子今后能在平静中生活。我与你的这段情缘，我会珍藏一生，谢谢你对我的爱。

做好这一切之后，我请来一个帮工，把我收拾好的行囊拿出来，带着沉甸甸的思念，逃也似的离开了曾经给我带来过幸福温馨的灵妙居……

09 耕耘婚姻，包容理解才能浇灌幸福花朵

茉莉花绽放品尝爱情芬芳，家庭幸福被掌控心情不爽；婚姻生活妻子严格编程，程序出错引起家庭黑屏；试离婚尝试修缮围城裂痕，用包容软件清扫婚姻病毒……

爱情之花，在茉莉花丛中鲜艳绽放

郑宾从川师大毕业时，被宜宾市某重点中学聘为教师。那年五四青年节，学校组织青年教师登山比赛活动，郑宾也积极参加。

肖莉莉比郑宾大 1 岁，他称她为肖姐。肖姐身材苗条、清秀靓丽，两只大眼睛水灵灵的楚楚动人。她在未婚青年中的各方面条件都属于佼佼者，可在爱情市场的谈婚论嫁中，虽然有过几次的"业

务洽谈"，但都没有达成"签约协议"的最终目标。

春色满园，阳光灿烂，你追我赶，笑逐颜开，他们向山顶攀登。郑宾同肖莉莉一起到达山顶时，其他同行的人早已各自分散组合了，眼下只剩下他们两个人了。他们漫步在一个花卉苗圃苑中，被一丛丛绽放的茉莉花吸引。

茉莉花洁白清雅，芳香四溢。郑宾情不自禁地弯腰嗅着茉莉花的芳香，嘴里轻轻地哼起了"好一朵茉莉花／满园花草香也香不过它／我有心采一朵戴／又怕旁人笑话……"

当郑宾唱着这首歌时，他发现身旁的肖莉莉痴痴的表情，他就逗她："肖姐，你的名字就是一朵美丽的茉莉花，你就像茉莉花一样又白又香人人夸。"

"平时看你挺憨厚的，可说话很讨人喜欢的，你敢伸手摘一朵吗？"

"我是有心采一朵，就怕旁人要笑话。"音毕，郑宾摘下一朵美丽的茉莉花，戴在了她秀美的头发上，她顿时满脸红润，灿烂如霞，爱情之花仿佛就开始从茉莉花丛中绽放。

农历七月七日，这是东方情人节。

这天下班时，肖莉莉邀请郑宾晚上到橄榄树娱乐大世界 K 歌跳舞。他十分高兴地应邀参加。

他们狂欢之后走出橄榄树也是半夜三更了，郑宾就主动担当起"护花使者"，送肖莉莉回家。肖家住在宜宾市滨江路的雅苑大厦。

情人节注定是个美丽浪漫的夜晚。郑宾同肖莉莉漫步在灯火辉煌的滨江路风景区，霓虹灯、景观灯跳跃闪烁。路边的柳条随风飘荡，他们两人牵手漫步，仿佛能听到两颗青春的心在怦怦地跳动。

他们漫步向雅苑大厦走去，江风徐徐吹拂，郑宾牵起那双纤细的小手，像一股电流击打通体，激动地说："莉姐，今天是情人节，我们交朋友吧？"

"你少拿我开心，我可配不上你这个帅弟弟。"

"莉姐，我是真的喜欢你，想同你交朋友。"

"郑宾你很幽默，我比你大一岁喔，你愿意找一个姐姐？"

"我就喜欢姐弟恋，你正好符合我的标准。再说，恋爱跟年龄没有关系的。"

语毕，郑宾用发烫的嘴唇轻轻地在她的额上留下了情人节的烙印……

爱情说来就来了。他们的恋爱过程，就像一首"快三步"的浪漫舞曲，几曲舞步便踩出了彼此青春的节拍，旋转出爱情童话故事：他们经常在风和日丽的假日，背着装满爱情的行囊，远离都市的喧嚣，去观世外桃源的风景；他们在夏日炎热的夜晚，去充满浪漫色彩的情人酒吧，喝一杯浓浓的咖啡，品尝初恋美妙的芳香。

爱情点缀的生活，就像晴朗的艳阳天，生活的日子浪漫多彩潇洒快活。

有了爱情就容易让人产生激情；有了爱情就容易激发灵感。郑宾这个文学学士就开始提笔抒怀，写下一篇篇感悟爱情、描绘精彩人生的散文，在报纸杂志上破土出苗。与此同时，他考上了市政府

机关的公务员，事业灿烂光明，人生前程似锦。

肖莉莉 27 岁了，已经步入了大龄姑娘的行列。她同郑宾谈了一年恋爱，如今他成了政府官员，爱情行情看涨，她就担心好事多磨，再次遭遇爱情破产。因而，在郑宾即将到市政府机关报到上任的时候，她就主动对郑宾说我们结婚吧。

郑宾说好，我们就在五四青年节结婚。五四青年节，是他们认识相爱两周年的纪念日。他们就在这个吉祥的日子里喜结良缘，步入了婚姻的殿堂，拉开了家庭婚姻、夫妻生活的美丽序幕……

结婚后，肖莉莉就时时刻刻以"姐姐"的身份来呵护"弟弟"，在婚姻生活的美丽风景中，常常为他撑起爱的小雨伞，为他遮风挡雨，让他享受着家庭婚姻的美满幸福生活。

结婚之后肖莉莉就想要孩子。可丈夫却不愿意过早地让孩子拖累着，也不能更好地享受两人世界的幸福快乐生活。加之刚到机关应努力学习提高，尽快适应工作。她理解支持丈夫，就暂时放弃了要孩子的美丽计划。

肖莉莉是个教数学的老师，对家庭生活像教学一样严谨，耐心地教导丈夫生活中的每一个"程序"：每天要早晚洗漱，洗内衣内裤一定不能同外衣外裤混合着洗，一进家门就要求换上睡衣，用东西一定要在哪里拿的，用完之后要物归原处。

这些控制的"程序"如有违规动作，就要"死机"，接受妻对他进行日常生活的"专业修复"。

家庭生活，被掌控的幸福心不快乐

肖莉莉为了制造家庭的幸福生活用心良苦，她既有妻子的关爱，又像姐姐的呵护，更如妈妈的教诲。但作为一个男人，郑宾的家庭生活时时被掌控指挥，自己没有生活的空间，总觉得有些心累，生活幸福，但心不快乐。

结婚的时候，肖莉莉家里给他们购买了一套宽敞的住宅，平时都是妻起早摸黑地整理家务卫生。可到周末进行大扫除时，妻就要求丈夫帮工。而他干家务活总是毛毛糙糙的，拖地没有按她的"教程"进行，就往往叫他重来。擦拭窗子一定得"从里到外、从上到下"，而他则常常不愿意干家务活，也实在是干不好，就是累得满头大汗也很难达到妻的质量要求。

又上班又做家务，实在是一件不容易的事。郑宾也心疼妻子辛苦，向她建议请一个钟点工。她总是说两人世界不喜欢多余的人插足。

妻说一个家庭，不干家务活哪像过家庭生活的日子，没有家庭劳作的体会，怎能体味出婚姻家庭生活的滋味。

肖莉莉讲的也有道理，但郑宾对这些观点却不以为然，有条件就要讲究生活的更高质量。为这些小事，他们夫妻常常争辩不休，搞得情绪乱套，心里阴凉。

郑宾从小就爱放野，天生是个玩心重男孩，下班了常常邀请朋友聚会，喜欢发挥即兴节目，保持着随意性的生活状态。

刚结婚时，郑宾还能按照妻子制定的"程序"，在生活轨迹上拖拖拉拉地运转，随着妻子的指挥，踏着家庭生活旋律的节拍慢慢前行。

肖莉莉喜欢浪漫的生活情调，特别注重爱的质量，每次同房时她对丈夫提出一些调动兴奋情绪的要求。而他偏偏又是一个爱即兴发挥的人，只要热情上来就立即耕耘，事后不顾妻子的亢奋侧头熟睡，妻子对此很为不快，有时叫醒他重新操作……

肖莉莉很是对丈夫的能力表示不爽，有时流露出抱怨的情绪。天长日久，刺激得丈夫情绪机械低落，他就对夫妻生活产生了疲惫呆板。对此，她还专门借来有关性知识的教科书，向老师教学生一样讲解示范。

婚姻家庭生活再甜也有让人过腻的日子。婚后，住着宽敞的新房，享受着婚姻生活的甜蜜。然而，除了工作之余，在家庭生活的固定程序中运转，郑宾好像感觉过日子太贫乏了，业余生活更是枯燥，心儿就开始渴望单身时光的放牧生活。

五四青年节，这是他们相识相爱3周年的纪念日。为了纪念这个美丽的日子，肖莉莉用心地进行了充分的准备。

中午，肖莉莉就让丈夫陪她逛街购物，准备着多情的浪漫晚餐。下午郑宾接到了一个朋友邀请他去网吧参加游戏对抗赛，他就向妻子撒谎称说有个朋友有事同他商量，叫他马上去一趟。

肖莉莉同意说："晚上早点回来吃晚饭，不要忘了今天是我们相爱3周年的纪念日。"他回说忘不了就急奔而去。

好久没有痛痛快快地打游戏了，一旦进入游戏路径，郑宾就十分兴奋投入，一心投入游戏的对抗之中。时间瞬息即逝，他忘却了妻子的吩咐，直到 21 时许还在激烈地交战之中。

这时肖莉莉来到郑宾的身边："你怎么不给我打个电话，让我到处寻找你，你说同朋友商量事情，却撒谎来打游戏，这么大的人了就像小孩子一样，游戏有什么好玩的。"

郑宾对妻说："善意骗妻是为爱！亲爱的，我正在与朋友激烈交战，请你先回吧，我打完最后一盘了就立即回去。"

"我不喜欢你这种幽默。"肖莉莉转身去了。郑宾又投入了激烈的对抗之中。可这个游戏太长，一旦开战就又忘了时间。

过了一个小时，肖莉莉又来到了郑宾的身边，按住他的手说："郑宾，你看现在已经是晚上 10 点过了，我们该回家吃晚饭了，我做了一桌你爱吃的好菜呀。"

肖莉莉见丈夫仍然没有离开电脑，她就去找来了游戏厅的管理员："郑宾，我给你请来了一个游戏教练员帮你打，这样不扫你朋友的兴吧，走！跟我回家。"

郑宾不爽地起身随妻而走。当他刚一离开电脑就从后面传来一句"男人一旦结婚就不属于男人了！悲哀啊！"他忽然感到一个男人的面子，像赤裸裸地被人削光，心里很是憋屈。

进入家门，桌上摆满了菜肴，还插着红烛，杯中倒了红酒，这是肖莉莉整整忙了一个下午制造出的浪漫氛围。见状，郑宾心中有点惭愧，却不好意思说出道歉，只是端起一杯红酒说："亲爱的别

生气了，祝你开心快乐。"

"我无法快乐，今天真让人感到失望。"

"有什么好失望的，你就是女人情调太浓，浓得让人有些发腻。"

"你还腻？你不好好地想一想，这一个月的时间里，你有几天在家里吃过晚饭，常常是很晚才落屋，家里像是宾馆，我都忍着没有开腔。你现在是一个丈夫了，不能像以前单身汉那样了，应该知道妻子在等着你回家吃饭。今天又是个特殊的日子，我想同你好好地享受一下浪漫情调，你却只顾自己玩得痛快，不顾我的感受。"

"每个人都有每个人的生活方式，我没有请你在家等着，你寂寞了可以到外面去找朋友玩啊，我又不干涉你的自由活动。整天在家里守着，两个人该说的话天天无限循环，该做的事无限重复，剩下的时间就眼睛对着眼睛，没有新意，没有活力，难道你不腻吗？"

"真的过腻了？那就不过了，我决不求你留下！"叭！肖莉莉激动起来，把酒杯甩在地上。妻子的愤怒让郑宾措手不及。

这夜，他们分居了。郑宾躺在沙发上彻底失眠了，回想起他们结婚后的家庭生活，妻子一直把握着家庭的方向盘，向她预定的目标驾驭日子，其实她是没有什么错误，都是为了家庭的生活幸福。

对幸福的理解男人与女人的认识是不相同的。郑宾在反复地自省自问：他们的婚姻家庭生活是幸福的，但心不快乐。这种幸福确实让他难以承受，让他精神上感到有很大的压力。

恋爱时节是浪漫而多情的，婚姻日子是现实而耕种的，家庭生活是琐碎而复杂的。郑宾对于婚姻家庭生活，在心理上还没有做好足够的准备，就进入了婚姻的轨道，迈进了"围城"。他感叹：相爱容易，婚姻生活太难。

婚姻裂缝，冲出围城还是阵守婚姻

肖莉莉已经 30 岁了，的确到了该做妈妈的年龄，妻子对丈夫说，我们应该要个宝宝了。他也欣然同意了妻子的计划。

为了打造加工精致的爱情产品，肖莉莉开始对丈夫的生活严格"编程"，制定了一整套怀孕的"加工"细则。

第一要保证身体健壮，具体措施是要郑宾锻炼强健身体，每天早上起床跑步，晚上去健身房健身；第二是生活科学化，每天早晨至少要喝一杯牛奶、一个鸡蛋，保证钙质充分，饮食要挑选好品种，特别要求丈夫忌烟酒两月；第三做爱要像演一台节目一样，有前奏、有情节、有高潮、有尾声。第四……

第一条，郑宾还能积极完成，坚持实施。可第二、第三条就很难掌控了，偶尔是要破戒的。在酒桌上他就用饮料代酒，朋友笑话就出："你是酒精考验的战将，我们都不是你的对手，没想到你在老婆的调教下，变成了一个酒俘虏。"

面对朋友的讽刺，郑宾一笑置之："为了下一代，我甘愿做出牺牲。"这一点朋友们也能理解。

郑宾虽然不是烟鬼，但也有烟史 10 年，戒烟实在是一件难事，

特别是看到他人抽烟就很难抵挡诱惑，不时也从朋友的手中讨支烟过过瘾。

郑宾一旦参加了聚会回到家门，肖莉莉在第一时间就要对他进行严格的检查："嘴张开，我闻闻有没有酒味？"她经过一番检验后确认没有喝酒，就用香嘴奖励丈夫一个热吻："好乖。"

妻吻夫后又说："不对，你深呼吸，我闻到你嘴里有烟味。""亲爱的我没有抽烟。""那你是怎样坚持过来的？"

"买了戒烟牌'如烟'来代替的。"郑宾顺手从包里掏出一包给她看。

"不准抽！报上说'如烟'的尼古丁含量比真烟还重，对身体更不好。"她在他耳边轻轻地说："亲爱的，罚你5天不准吃荤。"之后她把他的如烟抢去扔了。

经过妻子的精心"编程"，在严格的控制中正常运转两月之后，肖莉莉去医院做了检查，对他们辛勤耕耘的劳动，给予了回报，播撒的种子破土发芽了。

这天郑宾下班刚一回到家门，妻就喜滋滋地告诉丈夫："你要当爸爸了。为了保证我们爱情结晶的完美，从今天起在3个月之内你不准碰我了。"

为人之父，郑宾也懂得必须挑起家庭的责任，决心控制爱玩的野性。

一年一度的年终工作总结开始了。单位安排郑宾撰写的年终总结有10多份，而且时间又紧，必须尽快上报，以免影响单位的年终评奖。

领到任务后，郑宾向领导立下"军令状"，保证在一周之内交出初稿。

写作不抽烟是很难受的，没有烟的刺激，郑宾就往往没有好的思路，没有创意灵感。妻子正在孕育，在家里抽烟是绝对不行的。为了全心投入工作，避免妻子对他的干涉，他就准备到单位的内部招待所住一周，以利开"夜车"。因而，他给妻子说单位派他出差一周。

翌日，郑宾带上洗漱工具，拿上换洗衣物离开家门。他在单位的招待所里摆开战场，埋头输字，击敲键盘，用心修改，苦战白昼，5天后终于向领导交出了满意的作业。

这天下午，郑宾把打印好的10多份各式各类的年终总结材料，交给领导审核，紧张的心就松弛下来。这时他接到一个女同学的电话，她邀请他去喝咖啡，他愉悦而去。

走进老屋咖啡馆，他们选择在一个临窗的卡坐。女同学向他倾吐心中的苦水：称她的丈夫常常在外花天酒地，对家庭一点责任感都没有，这样继续下去他们的婚姻将会宣告"破产"，请求他帮帮忙，对她的丈夫进行真情劝导。

谁知这天下午郑宾的妻子，也同一个朋友来到这家老屋咖啡。当郑宾的这位女同学（肖莉莉也认识）正在泪眼汪汪地向郑宾倾诉丈夫的不是时，肖莉莉走了过来："郑宾，你出差回来也不回家里，却跑到这儿来喝咖啡聊天，你是什么意思？"

肖莉莉的语气泼辣，脸色阴沉。见状，女同学知道惹了是非，立即站起来想给肖莉莉解释，可她哪里听得进去，拉起郑宾就气冲冲地走了。

更让郑宾叫苦不迭的是肖莉莉探听到这几天，他根本没有出差，这真的让他有口难辩啊。一场家庭风波注定难以避免。

肖莉莉就对郑宾大动干戈，逼迫丈夫坦白干了什么"丑事"，交代出这5天来的具体行踪细节。他虽然心中无愧，但自知善意的骗妻还是有点不妥，就把在招待里加班写材料的事全盘托出。

肖莉莉哪能轻信丈夫的实话，她纠缠着不依不饶，喋喋不休。郑宾没有错，也同妻子展开了激烈争吵。

肖莉莉就向丈夫撒泼数落："我对你无微不至的关爱，你却在我刚怀孕时就忍不住了，去找别的女人，这日子真的没法过了。"

"没法过了那就不过了！"

"你给我滚！"当——肖莉莉发怒地抓起茶几上的水杯向他砸去。他躲闪不及，头被砸了一道血口，血从脸上止不住地往流下……

他们又分居了。肖莉莉每天一回家就整天躲进卧室里，常常泪流满面地发呆，有时一坐就几个小时，家庭气氛窒息，郑宾心里惊悸，总担心会有什么大事出现，时刻高度紧张。

他们就在这样的心境中对抗了一个多月，肖莉莉终于向郑宾提出了离婚："在恋爱的时候，我就对你说过我们不般配，现在你又到了政府工作，前程更加灿烂，就算现在你不嫌弃我，将来我也会留不住你的心，长痛不如短痛，还不如现在就离。"

"夫妻吵嘴，也是一种爱的宣泄，爱的方式。如果一对夫妻连架都吵不起来了，我想那才是日子真的没法过了，吵吵架有什么大不了的事，离什么婚啊。"

　　"我就是想好了要同你离婚的。就算我跟你离了婚，我也感到十分的欣慰。我们毕竟相爱一场，庆幸的是有了爱情结果，请你放心，就算我们离婚了，我也会像珍惜生命一样来珍惜我的孩子的。"

　　面对妻子提出的离婚要求，郑宾也对婚姻进行了认真的审视：当初他们是因爱而结婚的。但仅仅有爱的家庭婚姻不一定就会幸福，爱并非是生活的全部。特别是对妻的"爱"让他感到心理压力很大，离婚在他的脑海也反复出现，而他真的面对妻子要求离婚时，又实在不愿意。

　　无论哪个家庭解体，宣告婚姻破产，都是不幸的。这个观点，郑宾认可赞同。离婚太麻烦了，离了婚不再结婚的人又太少太少。再说，离婚也往往不是个人问题，不仅仅是婚姻问题，也不仅仅是家庭问题，它还包括许许多多的社会元素。

　　他们的爱情结晶虽然还没有出世，但肖莉莉一定要保住爱情结晶。离婚了，今后总会因孩子要发生千丝万缕的联系，像生活的麻团，永远理也乱、剪不断的。再婚，往往麻烦事苦恼事伤心事纠葛事，更多更杂更烦更理不清。在当今社会舞台上，演出这样的故事，举目可见，比比皆是，不胜枚举。

　　郑宾至少现在不想离婚。不离婚就要消除夫妻之间的冲突，解决婚姻中的矛盾和家庭危机，只有改变自己才是正确的方向，挽救

婚姻只能靠自己掌握家庭的方向盘。

挽救婚姻，宽容是医治婚姻的良药

郑宾面对婚姻出现危机时，想出了"试离婚"这种方法，来探索与寻求解决夫妻矛盾的途径。他向妻子提议出了试离婚，暂时分居，看看同对方是否还能产生新的吸引力，假若试离婚一旦失败，那再各奔东西……

肖莉莉原本爱着郑宾，当丈夫向她提出试离婚来解决家庭婚姻出现的矛盾时，她也欣然同意。

郑宾就索性搬到了单位的招待所，暂时与妻子分开过日子，希望达到修补婚姻的漏洞，从而达到重归旧好的目的。

丈夫搬出家后，令肖莉莉日夜牵挂，思念对方。她真的不愿意自己潜心经营的爱情婚姻，用心打造的家庭就这样分离解体。她想挽救婚姻，想改变自己，就到心理咨询室去求医。

肖莉莉找到一家心理咨询中心，她把自己在爱情婚姻中遇到的困惑矛盾哗啦啦地向心理医生倾诉。医生对她讲述的问题进行分析把脉，指出她有心理问题：一是有"婚姻恐惧症"，对婚姻缺乏足够的信心，担心丈夫年轻，条件又好，容易"心灵出轨"；二是主观意志太浓，时刻想掌控丈夫，这是最为偏颇的做法。

心理医生为肖莉莉开出药方：丈夫丈夫，一丈之内才是夫，一尺之外就有他的自由度，想控制也是无能为力的，倒不如少管闲事多发财。

　　肖莉莉讨回了药方，开始治理心病，对症下药。她本想去找丈夫好好谈，怕还没有把自己的想法讲完又会忍不住发火。她就想到用书信沟通的方式，和丈夫进行交流。夜幕下，肖莉莉坐在写字台上，开始给丈夫写信：

　　郑宾好！我们试离婚已经快1个月了，这1月来我天天地想你念你惦记你担心你……不知你的生活过得好不好，不知你有没有想起我，不知你是否还在生我的气？

　　分居后，我就经常在问自己，我们的婚姻家庭生活的矛盾出现在哪里？反复思问，的确是我出了问题，我太固执任性了，太理想化了，太自以为是了，对你要求太多了，特别不应该按我的思维来掌控你的行为，今天向你真诚地说声对不起！

　　记得那是一个星期天的下午，你伏案写作忘记了我让你煮饭的交代。当我逛了大街回家一见冷锅冷灶，顿时就对你晴转多云嗓门升高：你整天就只晓得写写写，写能当饭吃？于是，我一句你一句，便演绎了一场本来不该发生的家庭纠纷。

　　郑宾，我以前常听你说生活累，那时我却时常反驳你，现在细细想来，男人的"男"字是田和力的合成，意为一生在田野里卖苦力。尤其是在当今社会，作为男人，没有地位、没有金钱，又在妻子面前伸不直腰，讲不起硬话，虽然在户口簿上你是一家之主，可家中的"主权、财权、事权"，往往都是我说了算，甚至还替代了

你"主外"的职能。

还有，我一生点气就委屈得泪水长流，哭声不绝，有时还索性提起行李跑回娘家，可每次都是你来认错把我接回家门。我的任性，让你颜面扫尽，实在是对不起你，请你原谅。

郑宾，你是明白人，要使夫妻双方长期恩爱，应当彼此尊重，善解人意，沟通心灵。当然，在这些方面我以前做得太不够了，还有很多毛病，往往为了一些鸡毛蒜皮的小事就唠叨不休，争强好胜怨气大发，不时拿你同别人的丈夫相比：看看人家不是局长就是处长，要官有官，要钱有钱。这些是我做得实在过分。

在现代社会，夫妻之间不说要有一片天一片地，至少也该有一点点空间，留一点点自由的地界。不该何时何地都支配着你，不该强拉硬扯要你陪同逛街，不该把你当成不懂事的弟弟……

为了实现追求夫妻和谐，全家幸福地生活，今天，我真诚地向你说声对不起，请你谅解。

郑宾，说实在的，离婚我是恐吓你的。其实，我哪是想同你离婚，我很珍惜我们的缘分，我很看重我们用心营造的家庭。特别是我肚里的宝宝一天一天地在成长，让我感受到了我们的爱情已经孕育了生命，这是作为妻子最为幸福的事，我哪还舍得离婚？！

郑宾，你还想要我们的家庭，你就赶快回来吧，我向你保证：今后我不再任性，一定要好好改造自己，做你的温柔良妻，支持你事业有成。我请求你：结束试离婚的游戏！

肖莉莉用真心真情给丈夫写好了这封信后，当晚就发到丈夫的QQ邮箱里，并用手机发了短信告诉他。

郑宾这晚还待在办公室里，立即打开QQ，看着妻子字里行间的语句，他被感动得热泪盈眶，把妻子写给他的这封信永久储存……

有了试离婚的过程，才使这对险些分裂的夫妇重温旧梦，重新活出灿烂丰富的生命，引发出激情与创造力。

要解决婚姻家庭的矛盾，郑宾想到了处理人际关系的办法：从学会原谅和宽容开始。原谅和宽容是化解矛盾的润滑剂，也是真正消除夫妻纠纷的助推器。

郑宾说要解决家庭矛盾，夫妻有限的分居，仿佛有种神奇的魔力，反而增进了夫妻间的感情，使家庭生活从内容到形式上都得到了刷新。

由此看来，如有家庭婚姻出现矛盾时，并非真正不幸（长期遭受家庭虐待，甚至暴力迫害等伤害除外）的夫妻，当你们想迈出离婚的脚步时，请先打住，先来一次试离婚，然后再说下文，也许保卫挽救婚姻家庭就会成功。

10 川女情殇，几番沉浮也未被爱海淹没

丈夫移情别恋我被抛弃，异地结识了一位家乡人；

正当我与他共筑爱巢时，他的妻子出现在我面前；情殇

中逃离广州去深圳，尘封情感又落入网中央……

是谁偷走了我的爱

我从深圳回故乡已经一年多了，结束了在商海情海沉浮几年的漂泊生涯，如今在宜宾市开办了一家鳄鱼皮革专卖店，生意还算火红。我之所以能在今天激烈的竞争中站稳市场，这不得不说是我经过在广州、深圳打拼磨炼的结果。可每当在都市喧嚣烦躁冷静之后，过往的生活烙印总是浮现在我的眼前。

我因丈夫花心而离婚，尔后南下广州、深圳打工，经过自身的

努力打拼，不但挤进了"白领"的行列，而且还成了一个"款姐"。在"南下寻梦"期间，我曾几次荡起爱情的波澜，但都因"流浪"的爱情经不住"海风"的吹拂，爱情之舟在海浪中触礁翻船。但我几番沉浮终于从情海商海里勇敢地游向了人生的彼岸，扬起了人生奋进的风帆。经过整理思绪，我将这段人生经历坦然告诉世人，也许能带给人们一些思索和启迪。话从头讲起——

那年我从四川化工学院毕业，到宜宾一家化工厂工作。厂里规定，每一个大学生进厂后都先要到车间锻炼。我步出校门进入工厂，用一颗火热的心来投入工作，勤奋努力，好学上进，进步很快，一年之后就被提拔为车间技术组组长。

我天生丽质，聪颖漂亮，热情大方，性格开朗，自然成为钟情男儿的追求目标。因此，我进厂之后丘比特之箭也就频频向我射来。在"众箭"射击之中，我被青梅竹马的王海峰一箭穿心，一头倒入他张开双臂的怀抱。

两年后的春节，我与王海峰喜结良缘。从此，我们柔情蜜意地在爱河中荡起了幸福的双桨，在人生的航程中荡起了快乐的方舟。婚后的生活是温馨美满的，我们在婚姻家庭的苗圃中勤奋耕耘，共同品尝酿造的爱情琼浆。

婚后第二年的春天，我们的爱情开花结果，儿子磊磊诞生了，家庭更加充满了欢乐和幸福。然而，我做梦也没想到，自己精心垒砌的爱情城堡，很快就被外力撞开了裂缝。丈夫在我哺乳期间背叛了我的感情，别恋花心……

　　我们新婚不久，王海峰被单位抽调出来开办一个水果批发销售公司，他将公司的地址选在宜宾市西郊农贸产品批发市场。他是西南农学院毕业的。理论是经商的前提；勤奋是赚钱的要素。他跳入商海，搏击市场，很快就寻找到公司生存和发展的道路。

　　西郊农贸市场是宜宾最大的集贸批发销售市场。因而，宜宾各区县的商贩都来此批发，转运到其他地方去销售。王海峰抓住了这个有利条件和机遇，加之他对"进货产品"具有较高的鉴别能力，进的水果质量高，销售也好，生意就特别火红，财源也滚滚而来。

　　那时，我们夫妻俩的脸上绽开了笑容，心里整天乐滋滋的，生活过得比水果还香甜。谁料好景不长，一年后另一个女人介入我们的生活之中，打破了家庭婚姻的宁静，破坏了夫妻的和谐生活，使我们的婚姻家庭遭遇了碰击。

　　夏天是水果销售的旺季。王海峰批发部的水果经常是到货一两天就脱销。这样他就经常往返于宜宾与云南之间进货，而且他进货绝大多数都是从一个年轻漂亮的女老板处批发的。久而久之，他就同女老板结上了甜蜜的水果情缘，产生了倾慕之情，步入了"水果走私"的偷情行列。

　　女老板名叫万芳，她的老爸是云南有名的水果大王。万芳在云南昭通经营一家批发站，王海峰是她的一名老客户，因而他们建立了友好的合作关系。她曾同王海峰来过宜宾玩耍。当初，我认为他们是生意场上的合作伙伴，属于友好往来，便热情地款待了她。渐渐地，我从女老板与丈夫之间传出的炽热秋波和火辣滚烫的话语中，预感到将会发生什么。但我很快就否定了自己的想法，相信自己的丈夫不会轻易背叛我们的感情，更不会抛家弃子的。然而，我的这种想法，不久就被残酷的现实击得落花流水，如水果粉碎散地。

儿子出生120天后我就上班了。我厂在西郊，平时上班中午不回家。那天，工厂行政处进行人口普查，需要查户口簿的事已经通知了好几天，我都忘记带了，在最后一天的期限，中午我就回家拿户口簿。

当我急匆匆地赶回家里，用钥匙打开房门时惊呆了，眼前是一幕让我终生屈辱的场面：床上是自己的丈夫和女老板万芳赤条条惨不忍睹的场景……

天呀！当头一棒，砸得我抽筋裂骨。我强忍着耻辱和疼痛，转身冲出了房门，回到娘家大哭了一场，任泪水洗涤我心中的屈辱，离婚的念头迅速在脑海里冒泡。

第二天晚上，我把儿子哄睡后，心如乱麻一团解不开结，便独自在黑暗里沉思苦索。这时，听到有人敲门，我起身开门一看，王海峰站在门口。我就气愤地对他讲："我不想见你，你走！"

冲出围城又遭遇欺侮

"咚——"王海峰跪地，虔诚地请求我的原谅："是我对不起你，负了你的感情，你打我骂我，我甘愿承担。可事到如今，她肚里已有了我的骨肉，她坚决要同我结婚，我们离婚吧！"

此时此刻，我欲哭无泪，任性倔强的我如何能经受得起这等耻辱。在我的精神世界里，不能容忍丈夫的感情背叛。既然木已成舟，生米煮成熟饭，毫无挽回的余地，死守婚姻的废墟，已经没有重新修缮的意义了，离婚也许是最明智的选择。

我同王海峰心平气和地协议离婚了。经协议商定，我们的住房、家里的高档电器全部分给了我，他付给儿子抚养费每月 1000 元。

离婚，给予我的打击实在是太大了，一种说不出的酸楚与苦痛，把我的心塞得满满的。爱恨情仇是非恩怨，刻骨铭心交织缠绕，令我痛苦难言。但人总得要生活下去。

我在痛苦迷惑之中度过了一段时日，生活渐渐地趋于平静。我带着儿子顽强地与生活抗争，去追逐新生活的目标。

单身女人的日子真的不好过。我离婚的消息令我车间主任张强暗自高兴。他的老爸在市委任职，他得于老爸的恩惠当上了 100 多人的头儿，并充分施展手中的权术。他曾多次在厂里演绎风流，骚扰女工。他过去对我也有过骚扰，但都遭到我的严厉拒绝，现今我离了婚，他就对我就更加放肆起来。

张强有事无事地找我谈工作，交流思想，不时用语言来挑逗我，骚扰我。一天，他打电话给我，叫我立刻到他的办公室去，称有急件安排。我对他的阴谋早有觉察，但领导安排工作任务又不得不去。我犹豫片刻之后还是迈步而去。心想：大白天的，他能把我吃了？我进入张主任的办公室，他没有马上交代任务，而是热情地请我坐下，立即给我倒水，聊着车间的闲事。我实在坐如针毡，就问他有何工作安排？没有我就走人。

张强立刻站起来，顺手把办公室的门关上。我见势不妙欲抽身而走。张强却用身体堵着门，一把将我揽入怀中，将垂涎三尺的嘴往我的脸上盖来，并用一只手欲撩我的衣服。我立即从迷惘中清醒过来："放开我！再无礼我就要喊人了。"然而，他心似火燎哪管这些，硬是将他的臭嘴盖在我的脸上，像野猪啃食那样疯狂。倍受屈辱的我忍无可忍，一巴掌打在他那丑陋的脸上，奋力地从他的怀中挣脱出来。

随后，张强又几次到技术组与我商谈工作。他察言观色，发现我虽然对他不从，可并未向厂方告密。因而，他认为我软弱可欺。加之，他认为我是一个单身女人，难道就不想男人吗？

一天，张强又安排我加夜班。张强下班后在厂区门外的饭馆里酒醉饭饱、热血沸腾之后，便来到车间的技术室，正好只有我一人加班。于是，他满脸淫笑。酒壮色胆！张强猛步上来抱着我就吻。我用脚猛力一踢他的下身，只听他哎哟一声惨叫倒地，我就趁机迅速逃跑。他的阴谋破灭又遭到了我的还击，这种仇和恨，注定了他要对我实施报复，机会终于来了。

那年年末，工厂因企业改制实行"定岗、定人、减员"的改革。因此，厂里将有工人下岗，这是毫无疑问的。

张强是车间主任，又凭借老爸的权势，独揽了车间的大权。尽管当时有人反对把我列入待岗人员的名单，但都被他以充分的理由驳回，不久就宣布我"下课了"。

南下寻梦去打工

下岗，对我来说无疑是"屋漏又遭连夜雨"。首先要解决生活来源，寻找谋生的出路。这时，一个叫叶枫的人出现了，她给我带来了希望的阳光。

叶枫是我高中的同学。这年春节同学聚会。我邂逅了几年不见的叶枫。她虽然没有考上大学，可这些年去广州闯世界发了，如今穿金戴银归故里，人已脱胎换骨，洋气十足，在我们的面前充分展示出她的富有和成功。

叶枫讲起在广州的成功，使我的心中荡起了激动的波澜。叶枫见状也趁机劝我说："你有文化有头脑，又天生丽质，年轻漂亮，只要你愿意跟我去闯世界，包你有很好的发展。"于是，我下定决心，将幼儿托付给父母，义无反顾地跟随叶枫南下寻梦。

我从宜宾乘飞机去广州。飞机即将起飞，我与送别的父母难舍难分，尤其是我亲吻幼儿的脸蛋时泪眼蒙眬，泪珠闪闪，清凉的泪水止不住地往下滑落。

我狠心地将怀中的儿子交给妈妈，心似刀割般地疼痛，提着一包沉甸甸的思念，迈进了安检口，急步地上了飞机。

飞机在绚丽多姿的云彩里穿行着。我第一次坐飞机无暇去欣赏美丽蔚蓝的天空，那些飘游的云霞，心中的天空正在飘洒着痛楚的心雨；眼帘浮现的是挥之不去的对儿子的眷念，叠映闪烁出这段时间所发生的一切的一切。我狠心地咬咬牙，抹去眼角的泪水，心里暗暗发誓：到了广州，我要好好地搏一搏，打拼出自己的一片艳阳天。

我到了叶枫的住所后稍加休息，便急急地央求叶枫带我去寻找工作，我想迅速地找到工作，哪怕再苦再累我也十分情愿。叶枫叫我先打扮打扮。我就立即精心地打扮起来。经过一阵涂脂抹粉后，青春妩媚呈现在我的脸上，披肩柔美的秀发，一种女人成熟的韵味，窈窕迷人的身姿，可谓气质不凡，靓丽光彩，我由衷充满了自信。当我楚楚动人地出现在叶枫的面前时，令叶枫大吃一惊，由衷地发出赞叹：真是天上掉下个林妹妹啊！

叶枫已在广州闯荡多年，傍上了大款，挣了不少的钱，还认识一些有头有脸的人物。因此，有了叶枫的推荐，我寻找工作自然就不成问题。

翌日晚，当我随着叶枫来到一家音乐咖啡屋时，已有两个风度翩翩的男人，微笑着向我们招手。经叶枫介绍我认识了他们：一位是亚飞鞋业公司的陈总经理，另一位是该公司的销售经理康华。两个男人微笑着向我们问好，缓和了我第一次见老板的紧张心情。我羞涩地抬起了红颜的脸说："给你增添了麻烦，请多多关照。"

我们相互认识之后就一边品尝着咖啡一边聊天。陈总就对我说："你是叶枫的好姐妹、好朋友，也就是我们的好朋友，只要雯雯小姐愿意到我们公司发展，就安排你给康经理当助手，每月保底薪水4000元，另外，业务成绩突出再给奖金，奖金不封顶。"我当即点

头首肯，并向陈总连连道谢。

工作谈妥之后，我的心情十分爽朗，真诚地向叶枫表示感谢。叶枫就对我开玩笑说："你不要谢我，只要你乖乖地听康经理的话就是了。"语毕，她冲我莞尔一笑："今晚我要同陈总去开开心啦，你就请康经理带你回我的住处。"随即，叶枫亲热地挎着陈总的胳膊，一同钻进了一辆高级轿车里。

送走了陈总他们之后，康经理就主动热情地对我说："你初到广州，今晚我开车带着你先看看广州的美丽夜景。"于是，康经理就打开车的前门，绅士地请我上车。

汽车在美丽夜色的羊城缓缓行驶，穿梭街市，梦幻般的夜景令我应接不暇，眼花缭乱。随后，康总把我送到了陈总为叶枫购买的"藏娇"处。分手时他彬彬有礼地握着我的手说："晚安，明天见。"

爱像昙花一样绽放

夜已经深沉，叶枫还没有回来，我躺在床上辗转反侧难入梦乡。我既兴奋又激动，高兴又紧张。真没有想到这次来广州竟然出人意料地顺畅，我发誓要珍惜这个机会努力地干好工作。我整夜未眠，在激动兴奋中迎来了灿烂的黎明。当我欲出门去亚飞鞋业公司报到上班时，门铃突然响了，我以为是叶枫回家了，立即打开门一看，原来是康华来接我上班。

公司坐落在广州火车站的东侧，并非我想象的那么宽大，而只是在一栋楼房中设立了 18 个写字间，职员仅 30 余人。据康经理介绍：公司的鞋厂在南郊，这里是总公司进行业务联系和管理的总部。

　　我在康经理的指导和帮助下，很快地适应了这里的环境，并渐渐地发挥出了自己的优势。我天生是个干销售的料，在激烈的商海中如鱼得水，充分地发挥聪明和智慧。如一次我在给公司策划促销的宣传活动中，我创意的广告新颖独特，宣传效果极佳，吸引了大批顾客，为公司赢得了良好的企业形象，深得公司老板的青睐。我在公司上班不到 1 年，就被提拔为公司供销业务主管，挤进了"白领"的行列。

　　我因情殇而南下广州，原想到了这里之后，一定尘封情感的闸门。然而，我却被康华打开了我的心门，让我的情丝在心中疯长，我已经渐渐地爱上了康华。

　　康华因前些年在单位演绎了"同桌久生情"的婚外恋故事，因而离开成都到广州来投奔他昔日的大学同学陈总。同学有难应相互帮助，陈总接纳了他，而且重用他，康华也得到了很好的发展，如今已干了几年的销售经理。

　　我在亚飞鞋业公司直属康华领导。我们合作愉快，工作业绩优良，加之俩人都是来自四川老乡，又是单身男女，工作之余自然有许多相似的话题。渐渐地我们的接触就越来越多，相知也越来越深。我与康华相处，他对我的关爱话语就像夏天飘飞的小雨，滋润着我干渴的心田……

　　有爱的时光总是过得特别的快。与康华相处的日子使我忘掉了昨日的伤痛，快乐已经把情殇赶走。如今的生活充满了活力，时时都像被暖阳照耀着。

　　转眼到了夏天，我与康华就共筑起一个"家"，这无疑对两个漂泊的单身男女来说，都是个停泊的安乐窝。"这真的是我们的家吗？"我问。"雯雯，这不是我们的家是谁的家啊？这个家里的一切都是为你准备的。"我从他的话语中感受到关怀，从他深邃的眼神中读懂了好日子的开始。

　　康华对我说："我有过一段婚史，从成都来广州后婚姻就宣布破产了。"为了不再引发昨天的伤痛，我没有去追问他的婚姻过程，完全地相信了他，我的心房住进了他。我也告诉他："我来广州之前也有过一次失败的婚姻。"他听后点燃一支烟沉默片刻说："也许有一天，他会来找你的。"这话使我心中涌动一股隐痛。可当他用男人的力量给我温情的爱抚之后，使我这个曾经被冰冻的人又被炽热融化。躺在心爱男人的怀抱中，我那颗漂泊的心，像一只远航的船终于停泊到安全的港湾。

　　我就与康华生活在一起，仿佛珠联璧合，天生一对。无论是工作还是生活，我们都是配合默契。时间在快乐和幸福中飞速行驶。

　　时间飞跑到了秋天。这几天我都没看见康华的身影，这晚他一进门就一屁股坐在沙发上，一声不响地呆呆发愣。我用温暖纤细的手，抚摸他那冰凉的手问："你怎么了，生病了吗？"他轻轻地摆头对我说："这几天公司的业务太忙了，明天我还要出差，过几天才回来。"

就这样，我一个人独自在家中度过几日。到了周末的下午，也是康华预告要回家的日子。所以，我在家早早地做好饭菜，等待康华回家共度周末。然而，我等来敲门的却是一个女人。她30多岁，显得十分的成熟。对来人不认识，我便问她找谁。她没正面回答，只是说这个家的确不错，比成都的房子宽敞多了，而且布置得十分温馨，难怪他一来广州就不回家了。说话间，她在房里来回踱步，像是参观一样，反而令我十分的难堪。

我把老公还给你

两个陌生女人相见，注定是一件十分尴尬的事。果不其然，来客突然问道："你就是雯雯吧？"我下意识地点点头。来客突然号啕大哭起来："他这个没良心的人，一走几年不但不回家，反而还在外面养起了小三，害得我们母子好苦啊。"

我突然意识到这个女人的出现，将击破我用爱用心用情筑起的暖巢。我的心里发慌了，一时不知所措。但我心里十分明白，这个女人与康华有着密切的关系，他对我保存着一个从未打开过的密码箱，箱里一定锁着有关他和这个女人的故事。于是，我请求她把他们之间的故事讲给我听。她一面哭泣，一面讲述着她同康华的故事——

她同他本是一对由相爱到结婚的幸福夫妻，可在她生下儿子不

到一年的时间里，由于她忽视做妻子的责任，没有看好家门。因此，使他们的爱情被小偷盗窃。康华本来有着美好的前程，但出了这种事情，使他背上了沉重的思想压力，工作滑坡情绪低落，无心留在单位发展。正当他欲跳槽之时，恰逢他的大学同学陈旭从广州来成都，陈旭就到我们家玩，陈旭知道康华的事后说："人生大道路路通，何必在一条官梯的独木桥上行走，干脆跟我一道去广州发展，包你几年家庭就可以进入现代化。"于是，康华就跟陈旭一起来到广州了。开始，他还经常给家里写信打电话，可近一年来信也没有了，电话也很少打回家了。因此，我猜他一定是在广州被美女迷住了，果真不出所料啊。

我认认真真地恭听了她讲述的故事之后才真相大白：原来康华并没有像他说的那样，是与妻子离了婚的男人，他欺骗了我的感情。面对这位不速之客，我真诚地向她说了声对不起，请原谅。而且很坦然地对她说："大姐，我也是因丈夫花心而离婚的，深深地知道家庭破裂给家人、特别是给孩子带来的伤害是无法估量的。因此，我向你保证，明天一定搬出这所房子。"

女人面对女人的真诚，可以化解所有的恩恩怨怨。康妻把眼角的泪拭去："雯雯，我知道你是一个好女人，一个善良能干的女人，我真的不怨你，我给你鞠躬了。"于是，我们两个同病相怜的女人，紧紧地拥抱在一起。

是日晚，康华已经知道了他的太太见过我的事情，而且两个女人的谈判相当的成功，他却被推到谈判桌上任人销售。他真的爱上了我，不甘心我们的谈判结果。翌日中午，康华来找我谈判，他跪在地上对我发誓："雯雯，我确实欺骗了你。善意的欺骗是为爱。我对你是真爱，如果失去你，我的生命就会失去意义。你放心，我这次就同她回成都离婚，然后，我们就马上结婚。"

我也真爱康华。但我更明白只有爱并不能成为婚姻。我们的爱情像是家庭培育的昙花，绽开时格外的艳丽芬芳，但瞬息就凋谢了。因而，我心平气和地对他讲："康华，我其实也是很爱你的，但爱不能太自私。我曾经也是被丈夫伤害过感情的女人，今天我绝不能因此而去伤害另一个女人。作为一个男人，特别是优秀的男人，应该时时牢记爱的责任，爱要担当，请你珍重。对了，这是我的辞职报告。"我呈上报告后立即拔腿就走，强忍着伤感，急步地冲出了亚飞鞋业公司的大门。我走出门外泪眼蒙眬，眼前一片茫然。

我为了避免触景生情的伤感，决心彻底避开康华，斩断情丝万缕。两天后，我收拾好破碎的心，拒绝了亚飞鞋业公司的高薪挽留，带着空空的行囊离开了广州，逃到了深圳，另寻生活。

深圳是个充分体现公平竞争的赛场，特区的大门对于能干的人总是敞开的。我来深圳不到10天，就被蛇口的港湾房地产公司聘用为售楼小姐，保底月薪5000元。新的环境、新的岗位，使我淡忘了情感的烦恼，又焕发出新的活力。我努力工作奋发拼搏，以此来扫荡心中的阴霾，为自己的心灵求得一些宽慰。我的成绩特别突出，效益显著。由于我的打拼精神和漂亮能干，备受公司老板的信任，月月加薪。就这样，我风风火火、奔奔忙忙地在深圳的日历上翻旋

转了一圈，又到了春枝发芽的季节。

也许世间对于漂亮的女人太钟爱，也许美丽勤奋的女人特别讨人喜欢。尽管我时时注意避免再次发生情感的碰撞纠葛，但不知不觉中我又被情丝缠绕，挣扎不开，跌进了爱的网中央……

梦醒时分是黎明

港湾房地产公司是香港老板王大生同蛇口大湾村联办的，王老板委派他的女婿范思源来公司担任港方的经理。范经理 40 出头，精神抖擞，高大强悍，豪爽坦荡，才智过人，是个成熟的男人。他的太太王倩倩是王老板的独女，从小娇宠任性，分外妖娆。无疑范思源与她结婚的目的心照不宣，因而他们夫妻之间的感情自然平淡如水。

自从我出现在范思源的生活中，他就被我这个川妹子的勤奋能干、靓丽而深深地吸引着。范经理为了赢得我对他的好感，他曾用心良苦地进行了一番的策划：先将我从售楼部调到办公室做他的秘书。当然，我对工作是认真负责的，而且做出了显著的成绩，公司也就月月给我加薪。

在这家公司上班一年后，我被提拔为办公室主任。任职后与范总接触的机会就更多了。范有公务活动外出，几乎都是带着我一同前往洽谈业务，出入各种社交场所。在接触的过程中，范总不时向我倾吐苦水，讲述他与太太感情生活的无奈与困惑，并流露出对她产生了爱慕之情。渐渐地，他便对我发起了进攻。经过他一阵又一阵的穷追猛打之后，我还是没有挡住诱惑，躲闪不及，"晕倒"在他宽阔温暖的怀抱里。

那时，我感到能成为这样一个优秀男人的情人，是上天对我的恩赐，也是我今生的幸福；同时，我也由衷地爱慕他。我知道他绝不可能同太太离婚，但我也真心真意地爱他、心甘情愿地做他的情人。我潜心用爱的泉水去浇灌他那颗被爱情荒漠干渴的心。

当然，我在用爱来浇灌他的同时，自己也沐浴到了爱的滋润，使我心灵沙漠中，那棵枯萎的情种又生根发芽，破土疯长。他对我的爱恋抚平了我曾经伤痛的心。他曾赞扬我是他心中永不落的太阳。我见心爱的男人如此欣赏和赞美自己，真令我感到幸福，常常激动得浑身发烫发冷。

发烫的时节过后就到了冬天。在一个寒冬的冬日里，我们的"爱情"被人告密了，结果是可想而知的。范太太的爱情被我分割，我自然被她炒了鱿鱼，被迫离开了港湾房地产公司。之后，我多次给范思源打电话约会，他都称无法脱身而推辞了。一天，我得知范总在广州白天鹅宾馆洽谈业务，于是，我立即从深圳乘坐高铁到广州去见他。

我到了广州白天鹅宾馆，急步地到总台去查询范思源住宿的房号。当我拨通他住宿的电话时却无人接。正当我放下电话时眼光突然凝固了，范思源正从大门进来，神态轩昂，风流倜傥，一个 20 来岁打扮入时的小姐紧紧地依偎着他。俩人像一对蜜月中的情侣。刹

那间，我感到自己无法相信这是事实。我离开他还不到一月，他就移情别恋，我却痴情难忘，愚蠢透顶。但我还是鼓足勇气地走向他。然而，他却十分平静地跟我打招呼，并把那位小姐介绍给我。我顿时像嘴里钻进了一只苍蝇，突然恶心呕吐，就转身夺路而逃。

一周后，我又忍不住拨通了范思源的手机。话筒里传来曾令我心旗摇荡而今却是冷若冰霜的声音："雯雯，我一直欣赏你在生意场上的才能，感谢你给我的爱。至于你的期盼我实在不能满足你。我曾经因为你是一个单身女人又漂泊在外，我才给予你爱，当然我们都是心甘情愿的。你的音容笑貌已锁定在我的心里，让我长期保留着对你美好的回忆。请你原谅我的坦率，也原谅我的另有所爱……"

我接过电话之后十分明白范思源的意思，我也没有更高的苛求，只求在滚滚的红尘中，寻求一种爱的安慰，使漂泊的人生有个寄宿的港湾。然而，我的这点希望也被击得落花流水，使我人生的感情之舟又一次触礁沉浮。

我因婚殇南下寻梦，在广州、深圳经过 5 年多的奋力打拼，在商海中学会了游泳，可满满的感情潮水，总是付诸东流，就像海面上的月亮，看得见摸不着。这几年我已经在情海波澜里几番沉浮，耳闻目睹情感淡如水沫的事司空见惯。因此，我在一段时间的伤感之后，经过调整自己的心理，也就淡漠了那份痴情。

今天，我已经磨砺成熟，在情海商海的旋涡中学会了游泳，并靠自己的能力从海水中安全地游上了彼岸。我漫步在海边，椰树在风中哗哗作响，海涛轻轻拍打沙滩，发出有节拍的回声，仿佛是远方亲人对我的呼唤。因此，我决定离开这个令我心跳、令我伤感的现代都市。

那天，我坐上了深圳到宜宾的班机。飞机在云海中飞行，我透过机窗眺望翻滚的云彩，一片金灿灿的阳光从迷雾里渗透而出，天空的彩虹映照眼帘，我潮湿的心突然被阳光照射晴朗。飞机开始徐徐降落，一眼望去奔腾的长江宛如一条白布带，宜宾已经叠映在眼前。

我走出菜坝机场，一眼就看见来接我的爸爸妈妈。我的眼睛四处搜索，远处有一个男人牵着小孩，小孩手中举着一束鲜花向我示意。啊，那是我5年来日思夜想的儿子。我把提包扔给爸爸妈妈，疯跑过去伸手拥抱儿子，可他腼腆地只将鲜花送到我的手中后就转身跑向那个男人。

我在原地发愣。妈妈轻声地对我说："海峰两年前就与那个万芳离婚了，这两年他对磊磊十分疼爱……"妈妈的话还在继续，我一句也没听清楚。

王海峰牵着儿子来到我的身旁，他叫磊磊喊妈妈，可儿子的口生就是喊不出来。我上前轻轻地搂抱儿子，对他说我是你的妈妈，快喊妈妈。儿子哇地叫喊起来：妈——妈！

我一把搂抱着儿子，把儿子紧紧搂进怀中，用一个母爱的胸怀，填补5年想儿的思念……

坐在开往回家的车上，我心宣告流浪的旅程已经结束，今天不

再重复昨天。我十分清楚明天的路还很漫长。我目视车窗，抬头看天，云飘雾散，天空蔚蓝。我祈祷明天是一个艳阳天……

11 雪域兵哥，你用冰雪把我污秽的心灵洗清

崇敬边防军人写信结缘，雪莲花收获了爱情婚姻；
寂寞心乱陷入情海旋涡，报复情人用刀了断入监；女囚
寻死解脱厄运，前夫献爱拯救新生……

第一次见面他用雪莲花向我求爱

那天，我在狱警的带领下，来到了狱政科领取释放证。当我双
手颤抖地接过这张盼望已久的纸片时，用眼飞速扫描：雪莲，女，
现年 30 岁，宜宾市人。因犯故意伤害罪被判刑 6 年，从 2003 年 2
月执行劳动改造。该犯在服刑期间，因教育犯人学习文化成绩显著，
有立功表现。根据刑法有关条款之规定：给予雪莲减刑 2 年，现予
以提前释放……

　　四川省第二女子监狱沉重的铁门打开，我一步一步地从监狱迈向新生活的大门。我的眼睛在搜索幸福的希望。蓦然，一个雕刻在心的身影扑入我的眼帘。是他——我梦魂牵绕的兵哥哥，浇灌我生命活力的余光明，来接我出狱了。旋即，我扔下手中的行囊，风一般地向他张开双臂的胸怀奔去。

　　妈妈——一声呼喊，让我定神一看：4 岁的儿子将一束鲜活的康乃馨献给我说："妈妈，爸爸说今天我们来接你回家。"我把手中的花扔给了余光明，伸出双手把将儿子紧紧地拥抱在怀中，体味这渴望已久的幸福。这离散聚合动人的镜头，定格在监狱的大门口，令在场的人无不为之深深感动。

　　在这激动时刻，我忏悔的泪水，止不住哗哗地流，倾倒出步入人生歧路的苦水……

　　那年中央电视台举办的军民春节联欢晚会上，一首《边疆的泉水清又纯》的歌，深深地打动了我的心。晚会上主持人还邀请了来自世界屋脊边防哨卡的代表讲话。随着边防军人的话外音，电视屏幕上出现了《让青春之火在雪山哨卡闪光》的电视专题片。我被电视画面中那些雪域官兵，他们与天斗与自然斗，向生命极限挑战的奉献精神深深地打动了，于是我就给哨卡的边防军人写了一封慰问信。

　　次年 5 月中旬，我收到了一个哨卡的回信。信中称：边防军人戍边为国履行天职，为了祖国人民的安宁幸福，站岗放哨责无旁贷，能得到青年人的理解、特别是女大学生的理解，令我们无限欣慰。

理解万岁,让我们同奏一曲理解万岁的颂歌。

信是由那个在中央电视台讲话的哨长(排长)写的。哨长叫余光明。他在信中希望我要珍惜美好的学习时光,求学奋进。从此,我便与余光明开始了通信,成了信友。信友,在那个季节很时尚。我与信友经常鸿雁传书,倾吐人生畅谈理想。他给我介绍雪域风情哨卡趣闻,我告诉他校园生活学生风采。那时我只是把余光明当作一个敬爱的兵哥哥,一个尊敬的信友。

我们通过书信交流,得知余光明的老家就是我居住城市,我们还是校友。他高中毕业时考入昆明陆军学院,毕业分配到西藏边防哨卡当了一名哨长。

余光明热爱军旅生活,潜心让青春之火在哨卡闪闪发光。他喜欢文学,不时还将他发表的文学作品,寄来让我领略雪山哨卡军人的情怀。他写的信也很美,仿佛像雪山一样洁白,净化了我的心灵,使我的心海悄悄地生长出了幼嫩的相思苗。也许是我的名字与余光明生活的那片土地有关,我总感觉与他成为信友,是人生的一种特殊缘分,注定今生我将会与他发生千丝万缕的故事。

9月末了,内地还是赤日炎炎,而余光明来信称,他们那里已经飘飞起了雪花,一年中半年的雪封山季节就要来临了,封山后那里就与世隔绝了。

我继承了爸爸妈妈遗传基因的优点,聪明漂亮,在上大学期间,自然赢得不少男生们的追求。一个叫徐辉的男孩暗恋我,并经常给我写求爱信,我也对徐辉有一定的好感,渐渐地向超越同学和友谊

的界线迈出了一步，也许那叫初恋吧。可当余光明进入我的生活之后，我与徐辉的交往就画上了句号。

沉睡的冬天翻了身，雪山开始融化了。记得那年6月，余光明从雪山哨卡回川探亲时，专程到川师大来看望我。相见时令我不敢相认：他一张被高原风旋转的雕刀、紫外线烘烤的脸——粗糙——黧黑，健壮的身躯着一套军官服，显得分外英武。

第一次见到余光明的容貌和形象，若不是我从他的来信描述中早有认知的话，我真不敢相信他是一位20多岁的年轻军官。正因为他的形象告诉我，他在以前的信中，描绘的边关军人在艰苦环境中磨炼升华是真的，已经明显地刻在了他的脸上，呈现在他的身上。

余光明与我第一次见面时，小心地从军用包里拿出一包东西，边打开边对我说："你的名字叫雪莲，也许你还没有见过雪莲花，雪莲花盛开在高寒山岭，与冰山作伴，与风雪为队，它洁白无瑕，是世上最圣洁的花。我这次专门从哨卡上采撷了一朵雪莲花，送给你作为纪念，请笑纳。"

我接过余光明送给我的第一个礼物，与我名字相同的花——雪莲花。其实，我仔细看了雪莲花，并没有余光明说得那么洁白无瑕，而是一朵外叶枯黄成褐黑色、花蕊似棉花的干花。但我感觉很特别，把花紧紧放在胸前。

余光明见状诡秘一笑说："这种花，是我们哨卡兵作为向姑娘求爱的信物。"我羞涩一笑："是吗？"

余光明离开成都回家时，我到火车站去送他。当他快上火车的瞬间，又小心翼翼地从军用包中拿出一个纸包说："这半年来我每周都给你写一封信，但由于哨卡冰天雪地被封锁了，信无法寄走，全部都包在里面，版权归你了。"他将纸包递给我后，立即跳上了火车。

我打开纸包一看足足28封信。读着这些信，那一个个字像小金鱼纷纷摇头摆尾地遨游在我的心之湖泊。读着这些信，犹如焦渴的旅人，掬起清冽冽的泉水滋润着心海。

余光明走后，他那西藏兵的形象已深深地住进了我的胸怀，成了我心目中的英雄，崇拜的偶像。尽管那时徐辉对我进行猛烈追求，但我还是避开了他的丘比特之箭，决意把爱的绣球抛给了雪山哨卡的兵哥哥。

恋爱的季节没有浪漫，我们有的就是鸿雁传情，倾吐祝福和长长的思念。

冬去春来，我与余光明书信恋爱陪伴我读完了大学。1998年我毕业分回了宜宾市某机关工作。当时追求我的男生可以编成一个排，但我都下口令叫他们稍息。尽管当时不少朋友劝我说嫁一个雪山哨卡的兵，今后的生活也像冰雪一样冷冰冰的，不会有温暖。但我还是义无反顾地选择了余光明，决定嫁他为妻。

夜冷寞望星空，我跌入了情海旋涡

2000年6月，余光明从雪山回来休假。这时我们的恋爱已经成

熟，这年我 23 岁，同余光明牵手，幸福地走进了婚姻的殿堂。

新婚的日子就像躲进了爱情的蜜罐，我们天天沉浸在爱海里沐浴。一月之后一封"西藏急电"结束了我们的蜜月时光。军人以服从命令为天职，我知道留不住他。那一夜是多么短多么长又是多么痛苦的夜。说不完的情道不完的爱，通通流出了我的嘴里酸的辣的咸的泪……

西藏兵那时一年半才有一次假期，若遇到边关有情况假期就要推迟。余光明一走我就开始在墙壁的挂历上，一天一天地划着重逢的日历。我每天都用红笔在挂历上划去一道相思线，可每划去一个牵肠挂肚的日子，思恋也就增加一分，这时我才真正读懂了余光明走时说的那句话："嫁给西藏兵需要付出牺牲。"

俗话说：有女不嫁当兵郎，一年四季守空房。而我嫁了一个西藏兵，一年见不到丈夫一面不说，而且到了冬天，半年连信也收不到，分居的日子太寂寞太孤独太痛苦了。每当我下班回到冷寂的家中时，总有一种莫名其妙的空旷情绪袭击心底。特别是漫长的夜晚，独对星空寂寞难排遣。思念的日子常常泪流满面，时时渴望生命中充满活力的东西出现，哪怕是一个朋友打来电话聊天，也让我获得一次精神的充实。

电话真的来了，是大学同学徐辉打来的。他说毕业后在单位发挥不出聪明才智，现已辞职下海做电脑生意，这次来宜宾准备开一家经销电脑的公司，特意请我去帮他参谋参谋。

自从我决定把爱的绣球抛给余光明之后，与徐辉割断了初恋的姻缘线，大学毕业后就各奔东西了。这天，徐辉突然给我打来电话，令我六神无主犹豫不决。去见他还是不去？我空旷的心又被这个电话搅得乱麻一团。最终理智让我拒绝了徐辉的邀请。

一周后的周末，我接到一个女同学王的电话，她叫我到星星茶楼去喝茶，我去了。当我步入茶楼时看见徐辉已在坐，他立即站起来彬彬有礼地与我握手。我与徐辉昨天的故事，王是知道的，见状她就开玩笑说，你们第二次握手也许要遭遇爱情。我当时十分的尴尬，徐辉却诙谐一笑说不敢破坏军婚。

喝茶聊天，打破了相见的尴尬，我那压抑霉烂的心情，好似翻出来晒了一次太阳。几年不见徐辉已成熟多了，神情表露出酷酷的样子。在聊天时，我才得知他大学毕业后分到成都一所中学教书，与一个公关小姐相恋。公关小姐后来做了老板的金丝鸟，他就与恋人分道扬镳了，如今还是单身男人，正值女孩抢手的季节。

我今生所有的不幸，都因与徐辉这次见面。自那天与徐辉在一起喝茶之后，他就时常约我出去玩。那时我一个人寂寞需要有人陪，徐辉填补了我内心的空虚。

一天晚上，徐辉请我到西江楼吃饭。席间我与他碰杯喝酒，为往事干杯，浓缩了几年的同学友情。在夜幕下聊天，我打开了平时紧锁的心门，向他道出了婚后夫妻分居的相思与冷漠……

夜色越来越浓了。当我们起身从酒楼走到街上时，已经灯火闪烁，在酒精的作用下，我的心儿已经飘飘然了。见状，徐辉主动提出送我回家。我虽口中拒绝，但半推半就，眼神渴望。徐辉读懂了

我心，他叫了一辆的士把我扶进车里。车到了我家门口，我一半醉态一半清醒，他就把我扶进家门。

我在酒精的刺激下感到昏头昏脑，潜意识里有一种按捺不住的躁动情绪，浑身血液往头上涌，潮起潮落，我仿佛感到将要遭遇什么。我无法抗拒与昔日恋人相聚时的那种情海波澜，我如久旱的禾苗承接着雨露，任凭风浪席卷，把我抛进了汹涌澎湃的情海旋涡……

感情的潮水一旦开闸，如似脱缰的野马。从此，我与徐辉覆水难收，一次又一次地演习在婚外恋的伊甸园里，透支了我与余光明共同使用的爱情信用卡。

当怀孕的反应出现之后，我才猛然意识到了心灵的恐惧。真是老天有眼，就在我恐慌不安的时日，余光明从雪山哨卡回来休假了。谢天谢地，我的婚外情可以侥幸隐藏，爱情走私可以安全地偷渡了。

情人毁约，我报复伤人锒铛入狱

3年之后我与徐辉的爱情走私终于暴露了。话还需从头说起。

2003年春节期间，余光明正好在家休假。那时我们的儿子已经1岁多了，长得天真可爱。每当我看见余光明对儿子百般疼爱时，我的心就涌动着一股不安的情绪，总是担心哪天儿子会出点事来。

不幸的事终于发生了。一天下午儿子被一辆摩托车撞伤，因动脉血管大出血需要输血。血库正好没有儿子需要的存血，余光明就立即去抽血化验，结果他的血型与儿子的不配。医生就叫他请伤者的亲人来，余光明就说他是伤者的爸爸。一个护士就用奇怪的目光看了他一眼。救儿子要紧，余光明求护士赶快到别的医院去取血来给儿子输血。

余光明看着鲜红的血一滴滴流入儿子的血管，他开始还惭愧自己没有尽到一个做父亲的责任。他看着想着突然涌起一股难言的纠葛，自言自语地说为何亲生父亲的血不能输给儿子？我听见这话时浑身不寒而栗，预感到一场灾难将会临头。

儿子经过几天的治疗就出院了。余光明在给儿子办理出院手续时，把他的血型化验单偷偷地抽出来，拿去请教一个在医院工作的高中同学。同学看了两张血型化验单后说，这两种血型没有构成父子关系的可能。这个结论像钢针锥心，刺得心痛滴血，他必须要把这一残酷的结论弄个明白。

余光明把儿子视为我们夫妻人生的杰作。可当他得知那个结论后，那些日子他总是闷闷不乐烦躁不安，经常一人独自到外面去喝闷酒解忧。一天晚上，他在外面喝醉了酒很晚才回家。他在门口粗暴地用脚踢开了家门，气势汹汹的样子吓得我心惊胆战。

叭——余光明把儿子和他的血型化验单甩在茶几上，怒吼地问这是怎么回事？儿子到底是谁的？面对残酷的现实，我就向他坦白了装在心中几年的爱情走私的秘密……

我向余光明坦白交代之后，他反而情绪平静了许多，站在屋里语无伦次地说："我就担心你承受不住寂寞，抗拒不了红尘滚滚……"

　　残酷的事实摆在我们的面前：一是余光明起诉徐辉破坏军婚，二是我们夫妻解体。我等待他的宣判。余光明经过一段时间的痛苦决策，终于选择了后者。

　　离婚时，我们没有吵没有闹，是通过协议离婚的，儿子的监护权判给了我。余光明离婚后，带着心灵的伤痛回到了雪域。

　　离婚对我来说几乎没有什么痛苦，反而还有一种解脱束缚的轻松。之前，每当余光明没在家的时日，我与徐辉仍然保持着秘密的关系。这几年徐辉虽然与一个女孩同居，但他口口声声说与她无爱，他爱的是我。

　　一天，我邀徐辉约会，他答应下午3点钟在星星茶楼相见。我用心地打扮了一番，还特意给儿子穿了一套漂亮的新装，满怀深情地带儿子认亲，去与心爱的情人谋划未来。

　　我早早地到了约会的茶楼，徐辉在我的一再催促下姗姗来迟。他一见我们母子俩就一扫往日的浪漫情调，开口就说我忙得很，有事快说，还有一个生意正等着我去谈判。他心不在焉地不时用手机打电话，显得坐立不安。

　　见状，我几次话涌向喉咙都吞了回去。徐辉又用手机与人通话后就对我说："今天我有急事要办，改日再陪你闲聊。"语毕，他起身迈着大步离开了茶楼。我像当头被浇了一身的冷水，从头凉到脚。

　　儿子是徐辉的，他已知道了。一天我拨通了他的手机对他说："我离婚了，我们一家人可以生活在一起了。"他却佯装不知地说：

"谁和谁是一家人？"我忍耐不住地对他说："你不认我们的儿子了？"

徐辉突然在电话里大声地吼叫起来：莫搞错，孩子是谁的？天才知道。你别一离婚就想把别人的孩子栽到我的头上。大家把话说白了，过去我暗恋过你追求过你，可你却把绣球抛给了那个西藏兵。我与你重逢时，你说寂寞需要人来陪，我就陪你玩玩，弥补你的空虚帮你"解烦"；陪你玩我是为了好奇，为了圆我的春梦，把它当作一场宿醉罢了，我可没有当真把那种事放在心上。说完这几句硬邦邦的话，他就挂断了电话。

徐辉的自白，令我太心痛太失望了。在这个世界里我真不敢相信昨天我和他还是温存多情的人，今天就薄情寡义，翻脸不认人了。但我还是不甘心就此失败，我决心用亲情和爱去感化他。于是我开始给他写信，回忆我们昨天的浪漫故事，倾诉我们曾经讲过的甜言蜜语，许下的海誓山盟，将一个痴心女人的满腔柔情，倾洒在纸鸢间放飞而出。然而他却片纸不回，令我梦断南飞。

我实在忍耐不住，到徐辉的办公室去找他。我撕下脸面地对他说："徐辉，孩子的确是你的，不信你可以去做亲子鉴定。为了你我已经一无所有了，难道你真的忍心我们的孩子从小就失去父亲？"我一提到孩子，徐辉就发火，他蹭地从沙发上站起来说："假若我伤害了你，可以给你经济补偿，你尽管开口。但你想用孩子来拴住我，那绝对办不到。没事请回吧，若你还要在这里胡闹，我就要打110了。"

徐辉的丑恶表演让我彻底失望了。我上前抓起电话扔过去叫他打110，因此我们发生了抓扯。这时我完全失去了自控力，只想让他也尝尝被人伤害的痛苦，顺势抓起一个水杯，猛力地砸向他的头部，水杯正好打中了他的右眼，眼球被砸破了。我因此而锒铛入狱，被判了6年刑。

身陷囚禁寻死解脱，前夫献爱拯救新生

2003年，我从看守所被送往四川省第二女子监狱服刑。在监狱里，铁窗内我开始反思过去，常常流下悔恨的泪水，懊悔自己步入人生歧途，落入婚外恋的旋涡，毁灭了自己的幸福家庭。

在监狱服刑、劳动改造时，人生失去了自由和希望，我感到自己从此将过着黑暗无光的铁窗生活。让我最为痛苦的是对不起年幼的儿子，对不起深爱我的兵哥哥，尤其是为那个爱情骗子付出惨痛的代价，落入囚禁不值。如今幡然猛醒已太迟太迟了，真让我心灰意冷，心情苦闷到了极点，产生了以死解脱的念头。

在监狱想寻死是一件十分不易的事。我准备离开人间时，想起了余光明曾经对我们母子是那么的关爱，于是我就用监狱发给我写反省材料的纸笔，给他留下一封遗书，向他真诚忏悔：

余光明，当你收到这封信的时候，我也许到了另一个天国。人将离世说话就真。过去我们曾经拥有过幸福的婚姻家庭，可是我没

有珍惜夫妻的感情，按捺不住孤独寂寞，放纵自己去寻求如梦如烟的婚外恋刺激，背叛了你的感情，一步一步地滑入了人生的沼泽，最终伤害了别人，毁灭了自己，真是一失足成千古恨啊！

余光明，我对不起你，请你宽恕一个即将离世的人，同时，请求你帮我抚养大我的儿子，他是无辜的，拜托了。你的大恩大德，我来生一定报答。人假若有来生的话，我真想再做你的妻子，但这只是假若。因此，我真诚地祝愿你在生活的百花园中，重新采撷一朵芳香的玫瑰花……

遗书写好后，我就开始寻找死机。机会来了，那天夜里，电闪雷鸣，大雨哗哗而下，雨裹风卷，疯狂地抽打着漆黑的监区。我趁解手的时候，冲出监区跑向警戒线，只要能抓住围墙上带电的铁丝网，我想死的目的就能成为现实。地狱的大门已向我启开，我拼命地向红色警戒线奔命而去，让我的罪恶身躯，在毁灭之后灵魂得到复苏，来世再做一个好人！

啪——站住！哨兵鸣枪示警。我条件反射，脚自然地后退了一步，右手停在了黑夜的空间。哨兵迅猛地伸出了有力的手，钢钳似的夹住我的胳膊。我就像被山民用刀砍伐的柴一样倒下……

我怨恨哨兵把我从灵魂毁灭的过程中，拉回到炼狱的禁闭室里，使我再次接受生存的煎熬。囚禁的日子，像置身于无底深渊的黑洞。

一天，禁闭室闪耀一束亮光，一位女管教打开了禁闭室的铁门，她交给我一封厚厚的信说："你好好看看吧，一个男人能对你如此

的关爱，真是难得啊。可你却想以死解脱困境，你可千万不要辜负他对你的一片赤诚之心啊。"

这是余光明给我写来的信——

雪莲，记得我们曾经并肩地挤在人群中，观看犯人的囚车驶过，你曾感叹地说他们那么年轻，为何走上犯罪的道路，真不敢相信几年后的你，却也步了他们的后尘，真是令我好痛心好痛心。

当我收到监狱干警转来你的遗书时，我心猛然被自责的耳光抽打。假若在你滑入泥潭的时候，我能用宽容来善待你，那么也许就不会有悲剧发生。我回首认真地想了一想：你的过错并非是你一人所为。假若在你沉浮的时候，我不是逃避而是伸出有力的手拉你一把，也许就不会将你推向人生的悬崖。因此，我也有一定的责任，那就让你犯下的过错，我们共同来承担吧。

自从我们离婚后，我就一直心里不安，放心不下你和孩子。因此，我就向部队申请转业了，部队同意了我的申请，现在家等待安排工作。孩子虽然不是我的亲生骨肉，可我们共同养育了他，同我也有着息息相关的亲情难以割舍。无奈的分离是那样的剜心之痛，我怎么忍心让他从小就失去了爸爸妈妈，我已把儿子从岳母那里接回了我们的家。请你放心，我一定会抚养好儿子的。

每一个人的一生都会遇到坎坎坷坷，人在旅途中跌跤并不可怕，真正可怕的是跌倒了爬不起来。只要你痛改前非，知错就改，脱胎换骨重新做人，不要自暴自弃，勇敢地面对现实，好好地接受劳动改造，争取减刑，我将竭力伸手扶你前行。浪子回头金不换。企盼你振作精神，树立人生新的航标，扬起生活的风帆，我将等待你走出监狱的大门……

余光明的信像冰雪一样圣洁，流入我的心海，洗涤我那污秽的心灵。读着前夫的来信，止不住的泪水哗哗地流。不知是喜悦的泪幸福的泪还是苦涩的泪悔恨的泪，统统洗过我污垢的心身。

余光明的信，让我一个绝望的人看到了希望，他的真情真爱，融化了我那颗冷酷冰冻的心。读着他的信，就像当年他写给我的情书一样，使我浑身充满了生命的活力，一股股奔腾的热流，激荡我驱逐黑色的阴霾，去憧憬明天的光明。

人在逆境中，能得到滴水之恩，令我倍感关爱和温暖。爱的动力是战胜磨难的无限力量。自从余光明给我来信之后，我就感到生活有了阳光，生命有了意义，今生又有了盼头，有了希望。从此，我放弃了死亡，选择了新生。用坚定的信心，挑战一切困境，迈着有力的步伐，踏着监狱的生活轨迹起床、上课、做活，走在犯人的前列；我脱胎换骨重新做人，自尊、理想、希望又一次在我的心灵升华。

一天，探监日的大门打开时，管教叫我去会亲人。我来到探监室，看见了余光明带着日思夜想的儿子来探视我，让我幸福无比，热泪盈眶，无法表达激动和喜悦的心情。

那天，余光明语重心长地对我说，过去的事就让它过去吧，最

重要的是你要面对现实生活，积极改造，争取减刑，重做新人。几年牢狱生活，只当是对人生的一次修炼，修炼好了我和儿子来接你走出监狱的大门。

从此，每月的探监日，余光明除有特殊情况外，都要带着儿子来监狱探望我，用真诚的关爱来鼓励我改过自新，给我重新做人增添了无限的力量。从此，我悔过自新，积极改造，争取立功减刑。由于我是大学生，管教就派我在监狱里当文化教员，我积极努力，教学认真，效果显著，有立功表现。因而，监狱对我作出了减刑两年的决定。

盼星星盼月亮，终于盼来了自由的光芒。经过 4 年的监狱修炼，我被提前释放了。2007 年 2 月 1 日，我终于跨出了监狱的大门，迈向了灿烂的新生……

12　爱妻证言，面对绝症丈夫的生命不言放弃

年轻法警身患尿毒症，幸福家庭突然遭遇不幸；用
爱与丈夫共抗病魔，面临绝症仍然还有希望；绝境相伴
妻恩重如山，煎熬等待生命发生奇迹……

幸福婚姻遭遇苦难

李旭东是个年轻的优秀法警，他曾在雪域高原戍边卫国4年，
立过功、入了党，担任过副排长，退伍后分配在高县人民法院工作。
在工作中他表现优秀，深得领导的赏识，曾被县政府评为政法系统
先进个人。

笔者在宜宾市二医院的"析透治疗室"，见到了脸部浮肿、神
情倦怠的李旭东。那时，他全靠每周两次析透机过滤血液中的病毒

来维系生命。他称自己身患绝症——尿毒症的蚕食，生命就像一只放飞的风筝随风飘游，加之治病举债十多万元的双重阴霾，不愿再拖累年轻的妻子和家人，因而就想解脱生命的痛苦。

李旭东的妻子严琳就陪坐在他的病床前，用爱的眼光希望点燃丈夫生命的奇迹。是的，她已经这样相伴绝境丈夫3年多了。为了拯救丈夫的生命，这位年轻漂亮、贤淑善良、顽强执着的少妇，对丈夫付出了女人的所有。故事还得从他们相爱讲起——

李旭东退伍返乡后，被安排在高县法院当法警，之后与高县建设银行的严琳相识相知相恋两年之后，终于幸福地牵手走进婚姻的殿堂。婚后，他们生活在温暖的阳光照耀下，日子就像太阳一样每天鲜活灿烂，夫妻恩恩爱爱，甜甜蜜蜜，携手共创美好的家园。

那年李旭东参加宜宾市法院举办的骨干培训班，回到县法院上班之后，他就开始感到浑身疲惫，腰腿肿痛，排尿困难。一次他在参加法院刑事案件开庭审理工作时，腰疼突然发作，令他直不起腰，汗水从额上止不住地往下流。但他坚持着、强忍着，当庭审的铃声敲响时，他便瘫软倒在地上。

同事们立即把李旭东送到县医院检查，经初步诊断为肾衰竭。在该院住了一段时间，李旭东的病情仍不见好转，而且越来越严重，医院就建议他转院成都治疗。

在一个严寒的冬日，妻子严琳陪同丈夫李旭东，来到成都华西医科大学第一附属医院治疗。经医院检查，检查结果犹如晴天霹雳：肾衰竭引发尿毒症。

这一结果，像一颗炸弹在严琳的胸膛引爆，炸得她魂飞胆散、遍体鳞伤。她手里拿着丈夫的诊断结果，拖着沉重的脚步走在病房的走廊上，她步履如灌铅，泪往心里流。

　　冬日的窗外，寒风凛冽，天幕哭泣，像哗哗的泪水，给严琳洗脸。她用手抹了一把脸上的泪水，坚强起来，走进李旭东的病房时，一把擦去脸上的悲凉，强装无事地走到丈夫的床前，抚摸着李旭东的头说："没什么，医生说是患了肾炎，住一个来月就会好的。"

　　丈夫身患重病，家庭遭遇灾难，严琳明白心中的责任，她用柔弱的身躯，扛起医治丈夫的重担。

　　李旭东当时还不知自己患了尿毒症，他几次询问妻子自己得了什么病，严琳仍然善意地欺骗他，对他说没什么大病，叫他安心养病，住一段时日就可以出院了。

　　李旭东躺在病床上，他隐隐约约地听到同室病友及其他们的家属常常唉声叹气，称患上这种病，对家里是一种沉重负担，将会拖垮一个家庭。当时李旭东就在猜想自己是否患了什么绝症，一种恐惧开始在他的心里慢慢地扩散和弥漫。

　　幸福家庭遭遇不幸，灭顶之灾突然来临。但年轻的严琳在命运皮鞭抽打的疼痛中也没有被击溃，她硬是用女人的伟大支撑着精神，以妻子的责任顽强地站立起来，用泪水洗脸之后在丈夫的病床前呵护照料他。从此，用自己所有的付出，来医治丈夫的病痛，拯救丈夫的生命，哪怕只有一线希望，她也要付出百分之百的努力。

绝境相伴恩重如山

一天，李旭东从同室的病友摆谈中得知自己也像他们一样患了绝症——尿毒症。他的心里突然升腾起一股悲凉，一个死字在他的脑海飞速旋转。他还年轻，他不想死啊。他想妻子一定知道他患了绝症，也许她还比他承受着更大的悲伤和压力。他不能在妻子的面前表露出悲观和懦夫的情绪，他不甘心就这样倒下，要像当年在雪线上巡逻遇到"雪魔"一样顽强地抗衡，战胜绝境，与妻子牵手去共创未来的难关。

在华西医院住院已经 10 多天了。李旭东的病不但没有好转，反而越来越严重了。他吃不进东西，不能动弹，常常呼吸困难，抽搐呕吐。严琳就竭尽全力地照顾他，用妻子的爱对他呵护备至，从精神上鼓励他与病魔作顽强的抗衡，让他树立战胜绝症的信心。但由于尿毒症引发的一系列并发症，使他出现过多次心力衰竭、高血压和严重贫血。医院进行了一次又一次的抢救，曾经三次下发了病危通知书。每一次签收病危通知书时，严琳的心都仿佛要接受一次与丈夫生离死别的痛苦折磨，那种难言的心痛、绝望的悲伤滋味真是撕心裂肺的痛呀。

要挽救李旭东的生命是何等何等的艰难啊。据医生讲：尿毒症患者只有两种方式可以延续生命，一种是血液透析。像李旭东这样的病人，必须每周进行两次透析，才能排除体内毒素，保全生命。透析一次至少要支付 400 元，一月就要支付 3000 余元，这对于一个工薪家庭来说是一个天文数字，是一个难以承受的巨大负担，更是一种精神和心理上的沉重包袱。

另一种是换肾。换肾要进行肾移植手术，在手术前首先进行科学配型、等待肾源。只有在配型的各项指标达到要求后才能手术，手术费高达上 10 万元。而移植后仍必须长期服用排异药物，且费用昂贵，仅第一年费用每月就高达 8000 元，一年近 10 万元。

面对治疗费无底的黑洞和死神来临的恐惧，李旭东这位曾在雪域高原磨砺四年的硬汉，也无法抵挡病魔张开的血盆大口。他的精神开始崩塌了，一改过去温和的脾气而变得十分的暴躁，不时莫名其妙地对爱妻发火，并出现了拒绝医治的念头。

在这种时刻，严琳深深理解丈夫的心情，她用中国女性的博大温情和忍耐的美德，竭力克制自己的内心苦痛，强忍着不幸的悲凉，学会了做一个女人的坚强，在坚强中等待希望。

李旭东在华西医科大学住院的 50 多天里，严琳每天奔波在医院里，为丈夫检查拿药，精心料理，夜里就只能伏在丈夫的病床上，从来没有睡过一次囫囵觉。

李旭东看着整天为自己付出而日渐瘦弱的爱妻，心如刀绞的痛。他经常在半夜醒来，看见爱妻蜷缩在床前的椅子上困倦的样子，望着她两眼熬得通红，一天一天地变得清瘦憔悴，她以前美丽透红的脸也变成了苍白无颜，他看在眼里疼在心上。

李旭东在住院的这些日子里，严琳整整瘦了 20 斤。他面对爱妻的付出，精神心理上承受的重负，真是让他心似刀割的疼，生不如

死的苦痛。

有一天，严琳到医院外面去办事，李旭东又听见同室病友滔滔不绝讲述尿毒症的种种后果，他忍耐不住悲痛起来，把头缩进被窝里，泪水就像决堤一样。

当晚，李旭东无法入睡，他要让妻子摆脱痛苦，唯一的办法只有一条路：那就是与妻子离婚。于是，他紧握妻子纤弱的小手诚恳地对她说："琳，我曾经许诺今生一定要带给你一生的幸福，可是，现在我身患绝症生命无望不说，而且还给你带来巨大的拖累，我还哪有能力给你幸福可言？你能如此这般地陪伴我，给我年轻的生命带来过鲜活，我已死而无憾了。可是，你还很年轻，你的人生道路还很长，让我这样拖累你的日子无尽头，我心有愧啊，这样的人生还有什么意思。因此，我已下定决心，坚决同你离婚。"

严琳对身患重病的丈夫的心事十分明白。她直摇头说："不！坚决不！你曾经给过我那么多的关爱，为我默默地做了那么多的事，在你遇到困境时，我怎么能够忍心抛弃你不管了。旭东，你不要胡思乱想了，哪怕再苦再难我们也不要放弃，而要携手努力，风雨同舟，战胜困境。只有这样我们也许才有希望。"严琳的一席话，让李旭东感动得泪水止不住地往下流。

同妻子离婚不成，李旭东就想以死解脱。一天夜里，李旭东趁妻子严琳晚饭后外出办事之机，他就立即把平时用于安眠的药全部吞入肚里，准备结束自己的年轻生命……

严琳每次回到病房后，习惯地在丈夫的病床前问候："旭东我回来了。"没有反应，她就伸手把丈夫用被子捂得严严实实的头掀起，啊！丈夫满嘴白沫，人事不省，她吓坏了，立即把他从床上扶起，用瘦弱的肩背起丈夫火速地送到医院值班室。

经医生紧急抢救，李旭东的生命得救了，医生告诉她："李旭东服用了大剂量的安眠药，幸亏发现及时才得以抢救过来。"之后，她对丈夫说："旭东，你不能放弃生命。虽然你面临绝症人生，但我们还有希望，也许用爱的火焰能点燃你的生命奇迹。"

躺在病床上的李旭东，面对爱妻的付出，他常常在心里喊：爱妻啊！你对我的绝境相伴，付出的恩情重如泰山！

苦苦等待生命的奇迹发生

经过华西医院治疗两月之后，李旭东的病情稍微稳定了，他就坚决要求回家治疗。这样既可以减轻经济负担，又可以让妻子少受罪。

李旭东回到高县后，到宜宾市二医院进行每周两次的透析。从此，维持李旭东生命，只能靠医院里那台机器和几根细细的管线。透析需要付出巨大的经济开支，这对一个普通家庭来说无疑是一个难以承受的经济重荷。好在李旭东和严琳的家里都鼎力资助，毫不吝啬地拿出积蓄来为李旭东治病。但他们都是普通人家，所有的积蓄也只能是杯水车薪。热心的朋友、同学也给予无私的帮助，还有李旭东所在的高县人民法院也积极支持李旭东治病，想方设法地给他报销了应报的医药费。

　　然而，长期的血透费用，就像一个无底的黑洞。要维系李旭东的生命就要靠借钱来医治了。他们已借款高达十多万元巨额的债务，债务像一个张着血盆大口的魔鬼，吞噬着李旭东的信心和希望。后来，李旭东就拒绝停止了透析，改服中西医来控制病情。

　　为了维持李旭东的生命，严琳便又四处打听，只要听说哪里有好医生有好药，她便马上不辞劳苦地赶去。她记不清这几年来找了多少医生、跑了多少医院、抓了多少药。她听说中药能治尿毒症，从不间断地抓中药，煎熬给丈夫服用。几年来李旭东吃的中药恐怕要用卡车拉了。然而，吃了几年的中药还是不见效果，而丈夫的病却越来越重，严琳整天心似火燎。

　　一天，严琳看到报上刊登的广告：河南淇县肾病专科医院治疗尿毒症有特效。她筹措了医疗费和路费，请假带着丈夫和希望千里迢迢地奔向河南。

　　到了淇县，由于路途遥远，加之河南天寒地冻，以致李旭东的病情恶化，住进医院的当天，经检查李旭东已经引起了肺部瘀血、心衰、心苞结液等并发症，生命危在旦夕。医院称无能为力，劝其立即转院。严琳只好带着丈夫到新乡市医院连续做了三次透析，才把丈夫从病魔的口中抢夺回来。

　　在河南的十多天里，人生地不熟，没有一个亲人朋友，李旭东又处于病危之中。严琳只能用她柔弱的身躯和顽强的意志，去承受苦难的命运。丈夫随时都有生命危险，心脏监视器上那些波浪一样起伏的曲线，让她的神经时时刻刻都绷得紧紧的，她一步也不敢离开丈夫的病床，仿佛一旦离开，丈夫就有可能从人世间消失。

河南一行也使他们失望而归。李旭东的病又只能靠到宜宾市二医院每周透析两次来暂时维持生命。

自从李旭东患病以来，严琳对幸福这个词只能在回忆中去忆起。为了医治丈夫的绝症，严琳这位爱美爱俏、爱玩爱乐的年轻漂亮的女人，没有买过一件新衣服、一样化妆品，更没有参加过一次娱乐活动。她的生活除了上班、借钱以外，就是在医院和路上来来往往，为医治丈夫的病操碎了心思，付出了一个女人的所有。

生命也许真的很脆弱，哪怕严琳用妻子的真爱去依偎丈夫抗衡病魔，但也难点燃他的生命之火。为彻底拯救丈夫的生命，他的四姐在其丈夫的支持下，决定把肾捐献一个给弟弟，以挽救他年轻的生命。然而，要换肾需要筹集10万元的高额手术费，因而，他们全家正在苦苦地筹集这笔昂贵的费用，等待奇迹的发生。

李旭东在病床上接受采访时说："也许还没等我们筹足这笔昂贵的钱时，我的生命就会像飘飞的纸鸢一样无影无踪了。但说句心里话，为了我心爱妻子的付出和家人朋友的期望，我真不想死啊！假若社会上有好心的朋友能支助我换肾的费用，拯救了我的生命，我以人格担保，在我今后的有生之年，一定竭力回报社会和所有帮助过我的好心人。"

面对李旭东遇到的生命绝境，苦苦期待那笔昂贵的换肾的钱，这对他的爱妻和他的家人来说，也许都是无能为力的。因而，他们希望世界充满爱，向他们伸出友谊和援助之手，挽救这个年轻的生命……

13　前夫求婚，我是否接受他投掷的绣球

与陌生人交谈成路友，好虚荣步入婚姻殿堂；大款
丈夫成了大众情人，家庭解体是无言结局；花心男人遭
遇玫瑰陷阱，面对忏悔求婚怎样选择……

陌路相逢，我向他抛出了爱情绣球

我因金钱的诱惑曾错抛了爱情的绣球，嫁给了一个老板为妻。
丈夫成了千万富翁后也成了大众情人，我就愤然同他离了婚。然而，
离婚后由于一些诸如孩子之类的千丝万缕的连系很难割断……

2005年7月，我从西南财经大学毕业，到宜宾市一家保险公司
供职。经过十年寒窗苦读求学，特别是读了4年的"财经"后，走
出校门方知一月的工资还买不起一件时装，才真正感受到金钱对人

的作用和充满令人炫目的诱惑。

生活没有钱太清苦。幸福靠一辈子老老实实工作很难实现。也许婚姻是一条可以通往幸福的阶梯。

说来真是个巧合。2006年五一节，大学同学邀请我到成都参加他们的婚礼。在车上与我临坐的一位男士，他不时找话与我聊天，听他海侃在商场打拼的喜怒哀乐。他递给我一张名片：王强，四川蜀都商贸有限责仟公司副总经理。

王强向我滔滔不绝地讲起他奋斗的成功之路：他自称是四川大学毕业的，学的是营销管理专业。在单位干了几年自诩怀才不遇，一次同单位领导大吵大闹一通后就索性跳"海"私奔了，没想到自己的水性不错，在海中翻滚几年就捞了大鱼。我好奇地问他做什么生意，他脱口而出：只要有钱可赚的生意都做。

王强时年35岁，正值男人"一枝花"的时节，成熟精明、阅历丰厚、见多识广、富有激情，是一个令女孩心动的男士。我们一路谈笑风生，结成了"车友"。

同学的婚礼真是让我大开眼界。她找的老公虽然文化不高、品位欠佳，但家庭经济实力雄厚，结婚的排场让我眼花缭乱，迎亲的小车有18辆，宴席摆了80桌。装修豪华的三室两厅商品房，高档电器和家具一应俱全。新娘穿金戴银闪闪发光，令人眼热。我暗下决心，今生一定要找一个大款丈夫。

参加完同学的婚礼，我给王强打了电话，他很快就来到我身边，好像是久别重逢的老友，洒洒脱脱地带我在蓉城逛街，请我到珠峰

宾馆吃牛排，带我到帝王夜总会狂欢。

与王强相识，短兵相接，他向我迅猛地发起了攻心战术，赞扬我长得秀气文雅，说我既不是古典美人型，却又别于现代女孩的时髦轻巧，淳朴中透出艳丽，拘束中飘逸着自由。他的甜言蜜语打开了我的心门，我就对他毫不设防，还自认为交了一个款哥而满足了自己的虚荣。

我离开成都回到宜宾时，王强说宜宾有生意做，他也要去宜宾。他说自己的车在4S店维修，只能乘车去宜宾。于是，他就同我坐车来到了宜宾。

那时，我不敢贸然地把王强带回我家吃住，就在酒都宾馆给他订了房间，心甘情愿地把自己省吃俭用的钱，大大方方地花在了他的身上，陪他吃喝玩乐，还糊里糊涂地成了他的情感俘虏。

王强离开宜宾后，我才"保守"地向家里坦白了认识他的经过。父母知情后语重心长地指点我，不要轻信一个无根无底的人，尤其是他比我年长10岁，绝对不适合我，坚决反对我同王强交往。他们的话是有道理的。我也不得不去思考与王强短短的几天认识——接触——相好的过程。我的确不了解他，甚至我对自己的行为都觉得不可理喻，冒冒失失地就将自己的情感交给了一个陌生人。我真的茫然了，自问是不是对自己太不认真、太不负责、太荒唐了……

我暗自思忖反复考虑，这种旅途相识轻率定情，的确确没有爱的根基。人生婚姻大事切莫草率成事，这些道理我懂。然而，面对现实我却莫名其妙地陷进去了，我该怎么办？

在这期间王强对我山盟海誓，看他的言行表露不像演戏。一次，我打电话到王强的公司去询问情况，对方称本公司在成都很有声誉，生意做得非常火红。当我间接地问起王强时，对方称王强是公司的副经理，人很聪明能干，是个单身贵族。

　　正当我是否与王强继续交往犹豫之时，王强又专程来到宜宾向我求婚，并把一枚晶莹剔透的宝石钻戒戴在我的手指上。我被他的甜言蜜语所感动了，就把他带回家里介绍给亲人。可全家人都对我的行为表示反对，竭力阻拦。没办法，我又只好带他到宾馆吃住。

　　我的条件不敢说是百里挑一，但可说是条件优越，有文化、有气质，又年轻漂亮，在本市找一个如意郎君是很容易的。但在追求我的和别人介绍的众多男性中，居然没有一个能真正打动过我的心。

　　王强对我来说的确具有强大的诱惑力。他成熟中显露出精明，洒脱中透出深沉，又是大学生，大公司的副总，这些硬件在以前追求我的男人中都不同时具备，除了他是个离婚男人和对他的底细不太了解以外，应该说我们还算门当户对。加之，他的勇气、他的攻心、他的虔诚感动了我，使我春心绽放。我意识到我已经成了他的俘虏，嫁给他为妻也属心意。因此，我不顾亲人的反对，横下一条心，把爱情的绣球抛给了他……

法庭分手，款太是一个无言选择

　　2007年5月我嫁给王强为妻，住进了市区买的豪宅里，开始享

受富有安逸的生活。这时，王强就在宜宾开设了一个分公司。他曾帮老板跑过不少生意，又具备一定的经营资源，因而，公司旗开得胜，财源广进。

一次我在网上获悉一则信息：俄罗斯驻东北一家边境外贸公司需订购大量的食品罐头。正好我的一个高中同学在宜宾食品厂任销售科长，他们的罐头正愁没有销路。我就让王强去找他代销。于是，王强抓住这个机遇，他首先去东北边境，找到这家外贸公司谈判，并签订了大量的食品出口合同。

王强欢天喜地拿回合同后，经过与厂方的共同努力，几个月就做了共计12车皮的食品出口俄罗斯的大生意。

有了经济基础之后，王强的公司又迈向了新的阶梯，他开始经营通信器材和电器生意。几经拼搏、几经奋斗，王强成功了，公司固定资产总价值上千万元。

王强的腰包鼓了起来，成了一个名副其实的千万富翁，他在我家也挺直了腰板，我就退职回家做了一个全职太太。

我原打算短期内不要孩子，可王强在我避孕时做了手脚，悄悄地使我怀孕了。我不忍心打掉胎儿。于是，我们潜心营造家庭幸福的爱巢。

那时王强也十分地珍惜我。他外出几乎每天都要给我通一次电话，归来时总要给我带回礼物。尽管我们婚前缺乏爱的基础，但先结婚后恋爱的成功案例不胜枚举。

可我没有料到，随着我怀孕时间的增加，王强回家的时间就逐渐减少，经常出差去广州、深圳等地跑电器生意。一去不归，只是偶尔来个电话，后来电话也少了，称生意太忙。

一次王强从深圳回到宜宾。那天我到宜宾机场去接他。同他一道来宜宾的还有两个人，一位50开外的张先生，称是TCL公司的供销商，另有一位20来岁的年轻小姐姓王，说是张先生的小秘。

王强回宜宾也不回家，说是陪张先生在宜宾考察游玩。我想念他，就到他公司去找他，走进公司的"经理室"一看，我惊呆了：王强正与那个王小姐在沙发床上调情，那场面令我呕吐，一个踉跄退了出来。

我强忍着被侮辱的抽筋裂骨般的疼痛，打的回到家中瘫软在床上，用毛巾堵住嘴巴不让自己哭出声来，以免父母知道我的屈辱。我当时唯一的念头是马上与王强离婚。但细细想来，特别是为了将要出生的孩子，我宽容了他，想以善良和爱心来唤回丈夫的忠诚。

经过一夜疾风暴雨的思考我原谅了王强，我们的家庭在冷处理中，一度恢复了平静。

钱，是挡不住的诱惑。王强一面辛辛苦苦地挣钱，一面潇潇洒洒地花钱。他认为以前没有钱是白活，如今有了钱就该享受。因此，他的观念、思想、行为随着钱袋的鼓起，一天天地发生着变化。他不时出入大饭店、进歌厅，还有彻夜豪赌，一甩手就是一大把钱。他曾对我说为了做成一笔生意，他陪客人一夜就花掉了1.8万元。干些什么？天知道。

王强还经常在社会上举办一些活动，同时也获得了诸多荣耀。

比如市优秀民营企业家；市里几个协会的名誉副主席、主席的头衔光环戴在他的头上。

一个成功的男人，自然很讨女人的芳心，在王强的身边时时刻刻都有不少女人围着他转，他便滑进女人堆里爬不起来了，拈花惹草是常事，渐渐地成了女人的大众情人。

当我怀孕 8 个月的时候，王强就更少回家过夜了。那时，我每天都为他担惊受怕、提心吊胆的。外面常常发生抢劫、绑架等等恐怖事件，他没回来我总是不放心。夜晚，我常常是独对夜空，空得让人心慌，等待难以承受的孤独恐惧。

2008 年 5 月 18 日，我们的爱情结晶诞生了。孩子出生的当天晚上，王强就称生意忙离开了医院，几日无消息。我在月子里他几乎没有回家，我想他就打他的电话，可他很不耐烦地回话，说不上几句话就关机了。

我生下儿子奶不通，儿子饿了时就拼命乱吮，左乳被"咬"了一个小口，未及时疏通导致奶嘴阻塞。由于耽误了治疗时机，我的左乳日渐肿大，奶水流不出来，又消不了肿，最终导致乳房感染化脓，钻心般的疼痛，不得不去医院开刀。

望着嗷嗷待哺的儿子，我流下伤心的泪，心里恨死了王强，骂他的无情无义，月子里我常常是以泪洗面，与他离婚的想法不时在我的脑海里掠过。

我曾真心真意地劝导王强，想用真情去感动他。可他我行我素，不思悔悟，我的心常常滴血……

6月18日孩子满月，这天王强回家吃了午饭之后，甩手就走了，我等到深夜他也没有回来，打他的手机又关机。那晚电闪雷鸣，大雨哗哗啦啦地下个不停，我心乱如麻。那天晚上我彻夜未眠，心一阵又一阵地撕裂般疼痛，泪水像夜幕下的雨水一样止不住地往下流……

我原以为用孩子来拴住王强的心，可没有料到孩子生出来之后他依然如故。王强在外面拈花惹草我可以原谅。然而，他却不尽一个做丈夫和父亲的责任，让我这个太太独守空房，我心不甘啊！我宁愿不要富有，也要做一个普通的女人。面对王强的负情，思来想去别无选择，只有同他离婚。

当我把离婚申请递到王强手中时，他惊恐地圆睁双眼吼道："你知道有多少人羡慕你、妒忌你，想取代你的位置？真是身在福中不知福。你是一个有文化的人，怎么还死守旧观念不放？现在已经到了21世纪，有能力的男人找几个情人是常事，算得了什么过错？如今只有那些没本事的男人，才老老实实地守候着家庭……"他这番赤裸裸的表白、厚颜无耻的逻辑，彻底打碎了我对他残存的一线希冀。我的自尊受到了极大的伤害和污辱，我下决心不再同这样一个忘恩负义背叛感情的男人生活下去。

王强先不同意离婚，最后我上诉法庭判决。经过几次开庭调解，2008年11月10日，法院终于判决了我们的家庭解体。

离婚了，也剪不断千丝万缕的情缘

离婚后，我得到了暂时的解脱，不用再为王强担惊受怕，不用为他的拈花惹草而苦恼，我感到自己好像是一只鸟儿又回到广阔的天空，那种放飞心情的感觉，让我轻松了好一阵子。但很快我就感到了单身女人生活的困窘，寂寞长夜，孤独难煎，无名的失落与惆怅又开始时时缠绕着我。

我对王强充满了恨，恨他的移情别恋，恨他的寡情薄义，恨自己的轻率盲目。婚姻的破裂伤透了我心，我钻进了自我编织的心理藩篱而不能自拔，令我痛苦不堪。坐在空空荡荡的豪华居室里，我的心如冬日的空气一般冷寂。

为了摆脱说不清的困惑，离婚后我独自放飞流浪，远行他乡，出国旅游，以排解难以自拔的忧伤。

心在外地漂泊，夜里辗转失眠。与王强相处的一幕一幕、丝丝缕缕固执地从过往飘飞而来。我们曾经一同走过的岁月，爱与恨、苦与甜都是刻骨铭心的真实。从我认识王强到结婚的日子，如今都记忆犹新，那些迷迷蒙蒙的情结使我产生了期待的感觉。

我开始冷静地思考：在婚姻破裂中，我应当承担些什么责任？当王强感到外面的世界很精彩，路边的野花偏要采时，如果我不是因为要生儿子放弃或减少了对他的关心、支持与体贴，也许他不会移情别恋！给犯了错误的他留有余地，如果不是我坚决要求离婚，也许……

事到如今，一想起当初自己的任性与倔强，对王强的怨恨也就减少了几分，过去对他的那种牵挂又萦绕心田，往昔的温馨甜蜜又在心头回旋。我收回了流浪漂泊的心，登上了返乡的班机。

　　我回到宜宾，一跨进家门，母亲就对我说："可把你盼回来了。"接着她讲述了我外出之后，不几天儿子患了感冒发高烧，再加上上吐下泻。半岁的娇儿何以承受得了如此的折腾，不几日他便处于奄奄一息的境地。

　　在儿子住院期间，母亲着急了给王强打电话，告诉他儿子住院的消息。王强得知后心急如焚，马不停蹄地赶到医院。他望着高烧不退、迷迷糊糊的儿子，看着输入儿子血管的一滴一滴的药水，忍不住噙含泪水，不断地叫着儿子的乳名。

　　从那天起，王强昼夜陪伴着儿子，真正地负起了一个爸爸的责任。他为儿子喂药、喂水、喂饭，眼睛熬得通红。母亲几次劝他回家休息，他都流着泪水对母亲说："从儿子生下地起，我就很少关心过他，没尽一天做父亲的责任，我对不起儿子，这次算是对儿子表示一点歉意。如果儿子有什么三长两短，我会一辈子内疚不安的。"

　　我想换一种方式，对王强表达我的歉意，虽说没有了婚姻，但还应有亲情连结，解除了婚约，不等于完全解除了亲情，特别是我们那个宝贝儿子，始终断不了我与王强的情丝连接。

　　之后，王强经常来看望儿子，真情演绎父爱的故事。他有时带些玩具礼物，有时带着儿子外出玩游，我也遂了他的心意……

儿子曾是我同王强爱情的结晶、情感的依托，如今又成了我同他之间情感的桥梁和纽带。为了给儿子一个完整的爱，我对王强的到来也不再拒绝。

王强的表现，使我一天一天对他开始产生了好感，嘴里虽说不出来，心里自然是感激的。经常见面大家相处也就不觉得尴尬了，彼此之间互相关心、相敬如宾。我们这一对曾经伤痕累累的伴侣、劳燕分飞的夫妻，又在这看似平平淡淡的交往中重新认识对方，寻找心灵契机的焊接点。

离婚情未了，我们这种亲密的举动也并非是为了复婚。我曾经试着寻找新的归宿。离婚后有不少热心人为我介绍对象，有做官的、有钱的或有知识的男士，但都因种种原因未能成功。我知道，大凡有事业心的男士，多不注重生活中的柴米油盐小事；而有钱的男士又大多花心；过于知识型的男士则又太迂。细细一琢磨，也就暂时打消再组家庭的念头。

前夫求婚，我是否接受同他再次牵手

城市开发建设如火如荼，大量需要建材。王强得知东北一家钢厂有现货，就购进了大批钢材。正好此时一家公司托他帮忙购买5辆进口小轿车，王强就去深圳找曾经与他合作过的李老板帮忙购货。因此，就把接收从东北运回的钢材，交给了他同居情人，公司财务部经理张倩负责。

人生在世祸福难测。王强怎么也没有想到，他的这一轻率决策，险些让公司崩溃到了绝境的边缘。

　　王强到深圳购车因需要办理各种手续，一去就是一月才归。他在外面时常牵挂着钢材生意，不时与张倩取得联系，可张倩告诉他钢材已收，请他放心。

　　王强外出两月回到宜宾后，却没见张倩的人影，打她的电话又无应答。后来经查，张倩在王强去深圳期间，与其昔日情人合谋，将运到宜宾的钢材转卖之后，携款私奔了……

　　一贯以"情场老手"自居的王强，没料到自己也在情场跌跤，栽倒在一个女人的身上，他既品尝到了不忠的苦涩，又遭遇了惨重的经济损失。由于王强的公司现款被套，使得债主们纷纷上门要货讨债，险些逼得公司濒临绝境。

　　面对惨遭暗算的沉重打击，王强几乎要崩溃了。我听说此事后主动帮他渡过难关，毫不犹豫地卖掉了豪宅，并把家里的存款全部取出来，一共筹集200万送到他手中。当王强接过钱时，流着忏悔激动的泪对我说："我负了你，你还这样帮我，你的宽容大度，真是让我无地自容。"

　　旋即，我又全身心地投入帮助王强重振公司的工作中。我帮他厘清发展思路，组织召开公司例会，研究部署了工作，鼓励员工振作精神，共渡难关。另一方面耐心地帮他做债主的工作，请他们给予支持，要一如既往地合作。

　　正好此时我的一位弃学经商，如今已在韩国某服装公司供职的

大学同学，急需大量的人造长丝，省内唯有宜天化纤厂生产。得知这一信息我告诉了王强，让他跟我的同学取得联系，他们一次就签订了供销50吨的人造长丝合同。

随后，王强同宜天化纤厂签下了分两月供货50吨、货价不变的合同书。仅这一笔业务王强就净赚纯利润100多万元。其间还做成了一些建材生意。渐渐地，王强的公司又一步步地恢复了元气，步入了正常的发展轨道……

当我30岁生日时，王强邀我到紫荆花大酒店庆祝，我带着儿子去了，他拉着我的手激动地说："谢谢你，在我最困难的时候雪中送炭，助我渡过了难关，真是患难之中见真情，你能再给我一次机会吗？"我没有回答，我需要再好好考虑考虑。席间，从酒店里轻轻地飘来了歌声：

你要随时随地保持警戒

小心你的爱人会不会变

有没有可疑的人在他的身边

她们到处埋伏在你的后面……

浪子回头金不换。只要王强能真心悔悟痛改前非，我与他第二次握手的机缘也许会有的。可是，如今我手里拿着的爱情绣球，已不像第一次那样轻飘飘的了，而是沉甸甸的……

14 牵手情人，县长落魄时
前妻敞开胸怀是港湾

新婚之夜闹洞房不见新郎，妻子为家庭付出吃苦受伤；县长与初恋第二次握手，不顾名誉地位冲出围城；再婚官场失意患病落魄时，前妻宽容迎接前夫回归家门……

她茹苦含辛相夫教子

吴有民从一个农家子弟一步一步地攀登上了人生的官梯，45岁就当上了一县之长。在他功成名就的背后，有妻子的鼎力扶助和默默的付出。正因为这一点才使他们的婚姻走过了风风雨雨。可当他邂逅初恋情人后，不顾名誉地位，与初恋情人第二次握手。谁知再

婚后他官场失意、身患重病时，却被后妻抛弃。当他无家可归时，还是儿女亲情呼唤，前妻宽容献爱，把他迎接回家。对此，吴有民感慨地说："一个家庭，千好万好，还是原装的好！"他的婚姻人生际遇，无疑成了一面风雪擦亮的镜子，照亮世人——

时光倒流，定格在 1975 年冬月初八，这是个黄道吉日。当太阳暖烘烘地爬上当顶的天空时，噼噼叭叭的鞭炮声从黄桷村的吴家响起，这是吴家为大儿子吴有民娶媳妇。

结婚是终生的大喜事。然而，细心的宾客发现新郎吴有民脸上没有兴奋和喜悦，却透露出一丝丝无奈的表情。

当婚宴结束时，客人们不约而同地走进了新房，准备大闹洞房时，却再也找不到新郎。客人们只好扫兴而去。

此时，新郎吴有民躲藏在后山的一棵黄桷树上，他的眼睛也像这夜里的天空一样小雨不停，心境真像乱麻一团，斩不断理还乱。

吴有民逃避新婚事出有因。他高中毕业时，是本大队文化水平最高的人。他在校读书时勤奋刻苦，品学兼优，自然赢得女同学的青睐。他早就和一位志同道合、靓丽可爱的女同学张芳相亲相爱私定终身。

吴有民高中毕业回家后，被大队王支书看中，要挑选吴当女婿。对于这门亲事吴坚决反对，他给父亲说自己另有所爱，同王春花没有感情，却被父亲一顿抢白："什么叫感情，老子不懂，我只晓得结婚生孩子就是幸福。你以为读了几年书，老子就管不了你了。在这十村八里，哪家儿女的婚事不是由父母作主。这事由不得你，老子说了算！"

吴有民同王春花结婚的大喜日子里，从他眼里看见的王春花，总是变幻成那位张同学的身影，凭他怎样使劲儿也无济于事。因此，他真的不愿意伤害新婚妻子，才跑出家门躲在后山的……

虽然新婚之夜王春花独对夜空受冷落。但她在日后的生活中没有因此而责怪丈夫。她的宽厚和善良，让吴有民心中不时涌起愧对妻心的感觉。面对自己不满意的婚姻，他也只好认命，决心与王春花过一辈子。之后，他们的家庭生活，在平平淡淡、日日循环、岁岁重复中，过得虽不算幸福，但日子还算不错。在之后的三年里，他们生了一双儿女，给家庭带来了活力。

1977年，由于"文化大革命"的冲击，中断了10年的中国高考制度得以恢复。这个消息给吴有民的人生注入了一支强劲的兴奋剂，他翻出以前的课本，挑灯夜战，用功复习。

王春花虽然是个村姑，但她明白"万般皆下品，唯有读书高"的人生哲理。因而她默默地承受生活的辛劳，全心全意地支持丈夫考大学。

功夫不负有心人。吴有民金榜题名，一举考中西南农学院。在吴读大学的4年里，王春花以"吃的是草，挤出是奶"来供丈夫上学，才使他顺利地完成了学业。

1980年7月，吴有民分配回到家乡的县农业局工作，他把所学的科学知识，运用发挥于工作之中，取得了一个个突出的成绩。

5年之后，县里把吴有民作为重点干部的培养对象，选派到青

山乡任副乡长。两年之后，他又被提拔为乡长。他任乡长后仅用了两年的时间，创造了这个乡历史上的奇迹和辉煌，人平均收入从当年的 310 元提高到 608 元，提前实现了翻一番的战略目标。

此时吴有民虽然当了乡长，但王春花和儿女仍然住在农村。他全心投入事业，很少照顾家里和孩子，家庭的重担，由老婆一个人扛在肩上。

夫贵妻荣。丈夫取得了成就，王春花绽放出灿烂的笑脸。她就更加尽心尽力地扮演一个好妻子的角色，从不因家里的事务拖他的后腿，在平时生活上的每一个细节，总是给予丈夫想方设法的体贴关怀，对丈夫投入了生命中全部爱的奉献，支持他的工作任劳任怨从不叫苦喊累。

吴有民的一儿一女，在王春花的精心照料下茁壮成长。孩子们正在快快乐乐地长大，她的心似见到辛苦耕耘丰收的庄稼。王春花自知没有文化的苦涩，懂得文化的重要。她盼望儿女也像他们的爸爸一样，今后能考上大学，这是她对儿女最大的希望。

吴有民的母亲去世早。吴父年老体衰，经常生病吃药。作为儿媳妇的王春花，深知照顾好老人的职责。她尊重老公公，关心老人，更孝敬老人，视公公为自己的亲生父亲。一次，公公在下地干活时不慎摔伤了腰，而丈夫又正好在县里开会，她就一个人把老父亲背到镇上的医院去治疗，令老人十分感动，逢人就夸儿媳好。

农村姑娘天生吃苦耐劳。吴家几口人的责任田，几乎都是王春花一个人披星戴月地耕种，只有在农忙季节时，吴有民才抽时间回家帮助妻子干点农活。

那个时日，吴家清贫，可王春花却每日生活得灿烂开心。丈夫在事业上比较成功，儿女也很争气，学习成绩不错，她为家庭的付出心甘情愿，对生活和未来充满幸福的希望……

事业如日中天时他叹息婚姻无爱

吴有民这几年的政绩突出。20 世纪 90 年代初期，被提拔为四川某县副县长，分管全县的农业工作。

吴有民在官道上一路通达，担任副县长刚干满一届，在换届选举时他又被提拔为县长，这年他 45 岁。他带领全县人民风风火火、脚踏实地地向脱贫致富奔小康的大道奋勇前进。

县长是一个令人敬爱的角色。吴县长不管走到哪里都会受到人们的尊重。可每当他出席一些社交场所时，见到那些年轻的官太太漂亮大方且文化素质高，与丈夫相得益彰，他的心里就有点失落和羡慕。还有漂亮女人总是在吴县长的眼前游动，不时向他抛媚眼，撩拨得他心儿惴惴不安，但他都抵挡住了美丽的诱惑。

一次，吴有民应邀带着妻子参加同学会。一个同学看见他的妻子一副人老珠黄的形象，对另一个同学开玩笑说：吴县长的太太像是他的妈。说者无意听者留心，这话对吴有民的刺激太大了，差点使他滚落下伤感和委屈的眼泪。

在这次聚会中，吴有民见到了昔日的初恋情人张芳。他的表情

有点尴尬，可她却大大方方地同他握手，真诚祝福他飞黄腾达。

张芳在那年高考时，考上省城的一所财经中专学校，毕业后分配到县里的一家军工企业的财务科工作。尽管吴与张同在一个县里工作，可平时很少见面，更没有在一起聚会过。吴听说过张与工厂里一个搞供销的干部结了婚。张的丈夫后来下海发了财，就演绎了养"金丝鸟"的故事，因而张同丈夫离了婚，现在仍是单身女人。虽然她有过婚姻的创伤，却没有发现她有伤感的痕迹，反而显得更加成熟，透露出一种女人释放后的特殊美感。

由于王春花同吴有民的同学，不属于同一个档次的人，饭后她便主动地回家了。吴有民与张芳昨天的故事，同学们都记得清楚，心照不宣。有的人也敢在县长的面前放肆了：请吴县长与张芳演一场"第二次握手"的节目。同学相聚气氛轻松，县长也就演唱了一首《同桌的你》。吴有民的人生一帆风顺，事业发展到如日中天。在这种春风得意的时候，他的人生出现了一个历史性的大转折。

这天夜晚，吴有民沸腾了，他躺在床上怎么也无法入睡。也许是《同桌的你》牵动了吴储存在大脑深处的记忆。这晚，张芳的影子与身旁熟睡的妻子，总是在他的脑海切割——变换——交替——定格。

吴有民打开了思维的仓库：假若当初与心爱的恋人张芳结婚，那么今天事业有成的他人生将会更加春光。吴此时总是将张与妻进行比较，越是比较就越是明显地感到妻子与他不般配。妻子的老态与张的风韵形成鲜明对比。妻不漂亮暂且不说，而她的文化太低素质太差这是根本改变不了的。特别是平时夫妻生活没有共同语言，对事物的看法更是无法沟通，找不到那种夫唱妻和的生活默契。日子过得太平淡太无味。说白了就是夫妻没有爱。

老实说，在吴有民的心目中王春花是一个好女人，她一心一意教养儿女，尽心尽力扶助丈夫，特别是在他父亲生病的日子里，她硬是全身心照料老人家，对父亲百般的关怀备至，还心甘情愿地伺候老人，勤俭持家又温顺善良。可贤妻良母并不等于好妻子、好太太。他一直做不到真正地爱她。原来在他的心底还隐藏着张芳的影子，一旦将收藏的生活底片翻出来曝光就清晰明亮了。

假若吴有民还是当初的农民，那他今生也许不会感到与妻子有距离，也许就会平平稳稳地同妻子生活一辈子。但是，他毕竟上过大学，而今又是一县之长，与妻的距离越来越远，不般配是无可否认的现实。

吴有民曾对朋友说："我与妻的距离也许就像一对爬山的人一样，尽管从同一条起跑线上开始爬坡，起步的时候我伸手扶过她，给她加过油鼓过劲，可她就是没有力量往上爬，当我爬上了山顶，回头一看她几乎还在原地踏步。我对她失去了信心，真是没有耐力等她一路同行。"

吴有民大学毕业就萌发过与王春花离婚的念头。但他怕离婚影响自己的前途，在家庭责任、道德良心等有形无形的压力之下不敢轻举妄动。

没有爱情的婚姻是不道德的，但一个地位高居的人，若想重新

选择自己的生活，却面临着许多的不自由，这已经成一个严肃的社会问题。像吴有民这样的人要离婚，已经不仅仅是属于个人的问题，也不单纯是家庭的问题，它属于中国几千年传统思想文化领域里的范畴。权衡之中他将离婚暂时搁在一边。

当上副县长后，吴有民虽然对婚姻不满意，但他对待家庭照样尽职尽责，在繁忙的工作中尽到了一个做父亲的职责，在领导的岗位上尽量做到了一个丈夫的义务。而且，在他当选为副县长之后，按照政策的许可，他还积极想方设法，求得组织上的帮助，终于把妻子和两个孩子都办了农转非。

吴有民面对生活叹息地说："我虽然在事业上取得了成功，但总觉得生活有遗憾，这遗憾就是自己的婚姻质量太低，没有让我真正品尝过爱情蜜浆的芳香；这遗憾就是我与妻子的反差太大，她被岁月的雕刀旋转得满脸皱痕，与风华正茂的男人哪能般配？"

第二次握手遭遇初恋情人

婚姻虽然没有令吴县长品尝这轰轰烈烈的滋味，县长却着实让他体会前所未有的成功感。正当吴有民雄心勃勃欲大力发展个体经济时，他不曾想到自己的人生，也就碰上了重大的转折。

吴县长在一次对县开发区的视察中，来到一家老百姓俱乐部用餐。这家俱乐部是张芳开的，这是在那次同学会上张告诉他的。她对他说与前夫离婚时，前夫将这家俱乐部留给了她。这几年俱乐部的经营热气腾腾，生意红红火火，张老板也成了当地有名的"款姐"。

老同学加县长来视察俱乐部，令张芳好生感动。当午的酒席上，张的言谈举止和充满活力的神色，留给了吴县长恰到好处的"余香"。对此，吴对她诙谐地赞美道：老同学真是不寻常。

当工作组一行准备离开俱乐部时，张老板伸出细嫩纤细的手，轻轻地握着县长的手说："吴县长，今后你可要常来检查指导工作啊。你们这些做父母官的也实在是太辛苦了，我随时欢迎你的光临。"

吴县长这才抬眼，仔细打量张老板：醉意蒙眬的她脸带红颜、眼光含情、身材丰满，好像一个熟透的仙桃那样诱惑干渴的人……霎时，县长从飘游中收回了感觉，实实在在地握着张芳细腻传神的手，镇静情绪后对她说："有事请到县政府来找我，我们一定大力支持个体经济的发展。"

夏日的夜晚闷热，搅拌得人心烦躁。辗转反侧的吴有民心中却充满了甜蜜。他在迷迷糊糊中做了一个梦——

一个男人同张芳坐在一个优雅的酒吧里，俩人你一言我一语，轻松快乐话语投机；他们相互敬酒气氛和谐，他感到久违的轻快，给紧张的心情做一次轻快的按摩。她脸色红晕醉意蒙眬，嘴唇像是一朵绽放的玫瑰花。他也醉心地看着她，由衷涌动着一股欲望的躁动，按捺不住地伸出手去抚摸那朵花。花儿醉了轻轻摇曳，他就俯身去嗅花的芳香……吴有民一翻身惊醒了梦境。

　　一天傍晚，在街上散步的吴县长不知不觉地来到了老百姓俱乐部的楼下。张老板见是县上驾到，激动得喜上眉梢："县长光临，令我无限荣幸。"语毕，张芳把县长请到了酒吧的一个雅间，两杯葡萄酒下肚，他才定神看了这个雅间，奇怪，这个场景怎么同他的梦境是如此巧合？！他情不自禁地对她说出了那个夜晚做的梦……心领神会的张芳，一头投入了县长的怀抱。他把她当成了梦中那束玫瑰花。

　　当吴有民从汹涌波涛热血沸腾的醉意中清醒时，他为自己做了一次真正的男人而感到豪爽。同时，他明白自己坠入了情网，遭遇了爱情，注定这一生离不开这个女人了。

　　若要人不知除非己莫为。张芳悄悄地把她与县长重温旧梦的艳遇透露出去。很快，吴县长同张芳的艳遇故事就在县城闹得满城风雨，成了人们茶余饭后议论的热门话题。面对风风雨雨他这次拿定了主意。

　　吴有民自认为已经对家庭付出了一生，如今儿女已经长大成人，妻子有了工作，晚年的生活有了足够的保证。这样与妻子离婚，他的良心也不会因此受到谴责。这些年来他一直忍受着没有爱情的婚姻，没有情感生活的激情，失去了许多，应该得到补偿。

　　吴县长要与结发妻子离婚的消息，在县城里荡漾起波澜，众人万语，归纳一句：喜新厌旧。对此，吴有民全局不顾。他决意顺从内心，顶着满城风雨迈出了离婚的脚步……

婚变沉浮县长落魄

离婚，吴有民可以不管外面的风言风语，但家庭这一关是必须要闯过的。

王春花平常温顺善良，但当视为生命一样重要的丈夫，向她提出离婚时，她说死也不同意。为了挽留丈夫，她曾屈辱地向丈夫说："你在外面有了女人，我可以睁一只眼闭一只眼，只要你不离婚就行。"可吴有民做不到。他不能在妻子和情人之间扮演两种角色，他要的是全部拥有。

丈夫决意要离婚，使王春花这些年禁锢的神经崩溃了，她一改以前逆来顺受的宽容，开始奔波诉说，自己一生含辛茹苦，为了丈夫为了儿女为了家庭，如今被折磨得老态龙钟就遭到丈夫的抛弃，硬是想不通。她不顾丈夫的面子，跑到县委县政府大院去大喊冤屈，任凭劝说也不收兵。

王春花哭喊大闹挽留丈夫失败之后，感到生命失去了意义，一天夕阳西下的时候她来到长江边，面对黄昏感到人生的悲凉，一头跳进江里。可上帝没有给她签发准死证，水路不通，被救上岸来了。

尽管王春花以死来对抗离婚，也没有阻挡住丈夫决意而去的心。吴有民决意要与妻子离婚，开始寻找对策逃避妻子，也顾不了她的寻死寻活。

儿女们对于爸爸妈妈离婚一事，也竭力反对：分别奉劝爸爸要注意名誉身份，要顾全大局，要为人榜样，并四处请求爸爸的同事

好友，出来劝阻开出良方。可吴有民的心意已决，任凭他们怎样展开工作都无济于事，不听劝阻我行我素，与家人针锋相对，表示不达离婚目的决不罢休。

无可奈何，吴有民最终与王春花走上了法庭。经法庭调解无效，最终宣告了他们近20年的婚姻解体。在离婚时，吴有民主动将住房和全部家产留给了妻子。

离婚后，吴有民立即搬出了原来的家，迅速地与初恋情人张芳牵手。他们开始都感到追求到梦寐以求的幸福，沉溺在波涛汹涌的爱海……

张芳追求吴县长的目标实现后，她视他为宝贝，爱得自私。有时吴有民外出开会，她总是要求吴带她一路同去，守护在他的身边心才踏实。还有她平时不准吴一个人外出，因事外出也必须按规定的时间准时回到家门，若是晚了就要纠缠，叫吴把来龙去脉交代清楚。

张芳开始经常要求吴有民陪伴她上街，买东西领略做县长太太的荣耀。当有年轻漂亮的女同志向吴县长打招呼问好时，张芳总是醋意十足，有时还把场面搞得十分尴尬，令吴有民下不了台。这时吴有民才感到爱也是一种累赘。

张芳时时处处都在提防吴有民，担心他哪一天又会被女人勾引。因为她十分明白，吴原来的婚姻城堡都被她攻破了，哪敢保证他日后对别的女人不花心。

吴有民自从和张芳结婚后，沉溺爱海就对工作投入的力量不足，调查深入不够，指挥不力，政令有误，驾驭全县的工作难度很大，以致县里出现了一些问题。

吴有民与张芳结婚后，还有一些无形的社会压力和世人的眼光，时时刻刻地向他射来，令他应接不暇招架不住，击垮了他的身体，使他的肝炎病复发住进了医院。

这年底，市里到吴有民所在的县进行年终考评时，不少干部对吴的工作不满意，在考评时给他打了不称职。考评组也了解到吴因婚变影响了他的威信，加之他又身患有病，很难积极开展工作。市委根据考评组的意见，经过认真研究后给吴出示了"黄牌"。大约过了两个月之后，上级做出决定：免除吴有民的县长职务，改为任该县调研员。

张芳以前为了达到做县长夫人的目的，曾对吴倾吐了甜言蜜语，海誓山盟，表现出温情如水。她的心灵曾得到过无限的满足，当然也对吴有过不俗表现，的确让吴品尝了作为男人的幸福。

然而，吴有民从县长岗位退下来之后，张就渐渐地感到荣耀失落，骄傲惨败。她走在街上再以没有从前那种人敬人尊的现象，甚至还有人在背后指指点点说是非。她的美梦只在实现不到一年之后飘散了，这使她追求的价值目标远远落空。尤其是吴从县长的显赫地位退下来之后又一病在身时，她就逐渐改变了往日的温柔，没有耐心陪他看病煎药，不时对他生气发火。

渐渐地张芳对吴有民失去了当初那种激情，开始对他冷漠情淡，也不再担心怕被别的女人勾搭而去了。她又重新步入了以前打牌寻

找刺激的恶习，经常外出打牌通宵达旦整夜不归。若遇手气不好，还拿吴来出气骂他无用，不但没能帮助她生意发财，而且还使她的生意渐渐萧条，还要出钱为他治疗，真是败家破财。

一天早晨，张芳打牌输得精光回家，一进家门见吴有民就一脸怒气冲天，对其破口大骂，恶语秽言泼洒倒他的头上，玩起"主人"的架子。吴有民当过一县之长，以前人们对他都是恭恭敬敬，如今不但官位失落，而且还不时遭到妇人的痛骂。他顿时火起与张展开了嘴战，点燃了家庭的导火绳，上演了一场激烈的家庭战争。从此，在他们家庭生活中笼罩了阴霾……

这段时日不好过。吴有民常常遭到张芳的讽刺挖苦，家庭战事越演越烈，以致吴的心情不好导致肝病复发。

吴有民真是雪上加霜。他的肝病复发后就震荡了婚床。张芳怕传染就嫌弃他与吴分居了。从此，吴的日子更不好过，张骂他是个克星，怕损失了她的钱财。而且，吴已发现了张要与他离婚的苗头。一天她终于把离婚的决定告诉他时，他默默无语听候发落。

吴有民与张芳结婚后还不到两年半时间，婚姻就宣布破产了。他从张芳家中搬出来后，到县政府招待所借住在一间房子，独嚼生活的苦涩，吞噬人生悲凉，真正成了一个无家可归的落魄男人。

吴有民这时的确确一无所有了：金钱地位、身份名誉、家庭破败，一切成空，更令他后悔的是自己当初不顾一切去追求的爱情转瞬就像水中的泡沫。

吴有民落得今天的下场真是咎由自取。他总结人生的经验教训，回首人生的漫漫长路，追溯成功和失败的过程时浑身冰凉，颗颗泪珠哗哗地倒进悲凉的心间……

尽管人们同情吴县长的不幸婚姻，但他的花心无疑使父母官的形象受到了影响，喜新厌旧后的遭遇只能咎由自取，人生酿造的苦酒只能一滴一滴地吞没。

爱情姓什么？吴有民在这张千古答卷上再次求解，仿佛寻求到了答案。此时此刻他才懂得了那个被他抛弃的女人才是对他的真爱。

前妻的胸怀才是他落魄的港湾

冬日的黄昏，吴有民漫不经心地来到长江边散步。他与张芳离婚后仿佛从禁锢中走了出来，心情反而轻松了许多，加上组织上安排他住院治疗休养，这段时日他的精神和身体都有了起色。他慢步地走到县城的开发区，面对这里的兴盛，心中涌动起安慰的快感，这里毕竟有他付出的心血和用汗水浇铸的成就。他一面散步一面欣赏这路边的风景。

天边的落日渐渐躲藏到山岚之后。吴有民顺路沿石阶而下，来到长江边站在沙滩上，举目遥望天幕里的余晖，余晖洒在江中波光粼粼。他的心境犹如滔滔江水波涛起伏。偶尔遇到行人向他打个招呼后就匆匆离去，这反而刺激他冷漠的心情。他怕见到熟人，更怕遇见昔日的部下，在这样的情境中相遇使他万分尴尬。

吴有民明白不是因为自己的能力年龄的缘故"下位"的，而是

"喜新厌旧"影响了他作为一个人民公仆的形象和威信。仅此这条原因让他退位硬是想不通。

江风瑟瑟地吹拂而来，一个寒战使吴有民险些摔倒。他便在原地蹲下。一股悲凉从心中涌起，老眼就像开闸的河水一样哗哗啦啦。

冬天难过。吴有民的两个孩子面对爸爸的遭遇真不知该说什么是好。爸爸一生辛苦老了落得如此惨状，这当然有他的责任，但全怪他也是不公平的。

吴有民同王春花的婚姻质量不高，按照当代人的观点来评论，他们离婚也许是社会进步的一种表现。可是，他被风流女人诱惑，没有真正重新寻找到爱情，而是落入了玫瑰陷阱不能自拔。据说，当时很多关心他的人都劝其不要盲目地同张芳结婚，可是他自认为寻找到人生的知己，不听好心人的劝告，毫不犹豫地同那个风流女人结了婚。

眼看一年一度的春节就要到了，吴有民却无家可归。这天，他的两个孩子到县政府招待所来看望他，问他愿不愿意回家？

吴有民在孩子的面前真是羞愧无言。他的孩子看到他的处境真是看在眼里疼在心上。他真心悔恨有负于前妻有负于孩子有负于家庭。今天他落得这个境地也是咎由自取。但他曾经为了家庭为了孩子的成长，已付出过心血和汗水。如今他们已经长大成人懂事了，儿女也真诚地原谅了他呀。这令他无比的感动，烘干他那颗潮湿的心窝。

吴有民愿意回家了。他的孩子就立即回头做妈妈的思想工作，求妈妈原谅爸爸昨日的过错，给他一个重新站起来的机会。

王春花对于儿女的苦心十分明白。可是，吴有民当初毅然不留情分地抛弃她，使她至今仍然耿耿于怀，始终解不开心结。

对吴有民落得如此的下场，当初王春花真有点幸灾乐祸。但他的落魄又时时刻刻地揪着她的心、拧着她的肝一样的疼痛。他们毕竟做了20多年的夫妻，共同养育了一儿一女长大成人。她一直视丈夫和儿女是她的全部，热爱他们如同生命。他在人生的道路上摔了一跤，跌得鼻青脸肿遭遇了苦难，她应该念及昨日的夫妻情分，无论如何都应该伸手去扶他一把。

王春花最为放心不下的是吴有民的病。她深深知道吴有民的病没人精心照料会越来越重的。尽管他当初移情别恋，但他毕竟是儿女的父亲、自己的前夫。普通女人最懂"一日夫妻百日恩"了，再说丈夫对儿女也操劳过。善良的女人心似海，她宽容了他，向他敞开了温暖的胸怀。

这年除夕，当家家户户爆竹声声亲人团聚的时刻，吴有民的儿女到县政府招待所把他接回了家门。

当吴家人经过风风雨雨之后，又坐在一起吃团圆饭时，吴有民的心中涌动着难于言表的感动，按捺不住悔悟之心，恭恭敬敬地举起酒杯，给王春花敬酒，感谢她的宽容，感谢她能原谅他，感谢她在他人生旅途中，遇到艰难困苦时向他敞开了博大的胸怀，温暖了他冷酷的心，成为他落魄回归的港湾。

春风荡漾寒冬宣告过去，春暖花开的时候，王春花陪同吴有民

到成都军区总医院住院治疗。据悉：吴有民在医护人员的精心治疗、妻子的细心照顾下，半年之后他的病情也有了起色，吴有民面对未来的生活脸上又泛起了笑容……

15 玫瑰歌手，在灿若云霞的
罂粟花中灰飞烟灭

阿玫曾经有过灿烂花季，爸妈离婚她外出做歌手；

漂泊在外落入罂粟陷阱，毒魔吞噬人性灵飞魂散；染上

毒瘾都是自己的错，奉劝世人珍爱生命远离毒品……

"美丽"的玫瑰陷阱

我听说阿玫正在宜宾市药物依赖康复中心（戒毒所）戒毒，就前去看望（采访）她。昔日，她在广州被称为"玫瑰歌手"。当戒毒所的看守把她带到我的面前时，她的神情淡漠而怅然，白多黑少的眼珠深陷，流露出一副无所谓的神态。原本婀娜的身材、靓丽可爱的她，如今却变成了瘦削不堪的病魔躯体。见状，我真不敢相信

眼前这个女人，就是原来那个美丽清纯、爱唱歌的阿玫。

阿玫我认识。那是在 4 年前重庆市一家文化娱乐公司来宜宾挑选歌手时，特意举办了一次歌曲演唱比赛，我被邀请担任评委。她以一首《风中有朵雨做的云》参加了这次比赛。她虽然唱得并不算好，可她清纯秀丽，演唱投入而获得了第三名。因此这家公司瞅上了她，聘为俱乐部驻唱歌手。后来听说她又到广州去发展……可谁能料到她如今落得如此悲惨的下场。

在阿玫 22 年的人生中，她曾有过幸福美丽的灿烂花季。

阿玫生长在一个幸福美满的家庭。爸爸是宜宾一家大型企业的领导干部，妈妈是一所重点中学的音乐老师。她仿佛继承了爸爸的聪明智慧，妈妈的音乐细胞的遗传基因。因而使得她从小就聪明灵气，天生一副好嗓子，在幼儿园时就被人称为一只百灵鸟。当她 8 岁的时候就在全市的少年儿童歌曲比赛中获得了铜牌奖。

音乐使人聪明这话不假。阿玫不仅歌唱得动听，琴也弹得美妙，而且学习成绩也很好。当她正在一步一步地实现爸爸妈妈为她描绘当一名歌唱家的理想彩图时……然而，她的爸爸却演绎了"人到中年牵起初恋情人的手"的故事，搅拌起了家庭的旋涡急流，最终家庭不幸宣告破产了。

爸爸妈妈离婚，使阿玫承受不住打击，影响了她的学习，以致没能考上音乐学院。美丽的理想飘飞了，她正苦闷发愁时，适逢重庆来招聘歌手，她有幸被录取了。此时的她正好在家闲着无聊，也就爽快地答应去了。

来俱乐部寻找乐子的人各种各样、各种角色都有。在俱乐部歌舞厅唱歌可不容易，阿玫在那种环境时，起初一直保持着洁身自好，秽而不染，每天晚上一唱完歌就回到租住的住宅，不管什么人叫她，她都不会答应同他们一起出去"吃夜宵"。

一天晚上，当阿玫唱完歌走出俱乐部的大门时，被一个大款堵住了，他对她说："我才买回一套美国的音响，绝对的一流，整个山城就只有我家一套，想请你去家里唱卡拉OK，而且唱一首给1000元。"

阿玫问有多少人听歌，那个大款就嬉皮笑脸地说："就我一个！"她毅然拒绝了。可他却伸开双臂挡住她的去路，死皮赖脸地软缠硬磨，嘴里还说一些放肆诱惑的话，还动起了手……正当她与他纠缠脱不了身时，突然从大门里走来一个救星："不得无礼，否则将对你不客气！"救星出现，阿玫得救了。

救星阿玫认识，是俱乐部的杨副经理（她称他杨昂），二十八九岁，人长得很帅，是那种容易打动女孩子的男人。受人关照理当回报。那晚她请杨昂吃了夜宵。从此，她与杨相识了。杨昂对她特别的殷勤周到，她也渐渐地与他走近了，对他产生了一定的好感。

阿玫孤身一人远离家乡，时时感受孤独。除了在俱乐部歌厅唱歌以外很少外出，更没有结交的好朋友，平日她就工作生活在俱乐部与寝室之间。自从与杨相处之后，她才开始了一些余暇活动。杨对她百般的关爱和呵护，这令她孤独寂寞的女儿心得到慰藉，使她

那颗因爸爸妈妈离婚而伤感的心，又回归到青春快乐的境界。

　　一次，杨昂请阿玫到嘉陵江的游船上玩耍时，他给她讲了一个故事：他曾做了一个梦，梦境在长江上游的一个地方，他到那里举办了一次卡拉 OK 比赛，见到了一个美丽大方清纯可爱、衣着蓝花长发飘飘歌声动人的姑娘。不久他就来到了宜宾市举办歌手大奖赛，当一个女孩来报名参赛时，令他不敢相信，梦境与现实竟然如此巧合，这个女孩与他梦中见到的姑娘一模一样。

　　阿玫仿佛猜出了杨昂的梦境，羞涩地低下了红红的脸蛋。杨暗中观察到机会来了，于是，他就向她表白："玫，梦中的巧合，注定了我们今生有缘，注定了我们要走到一起，我现在正式向你求婚，请你不要拒绝我。"

　　漂泊的人儿容易受感动。阿玫被杨昂讲述的故事，感动得语无伦次不知怎么表达，由衷一股热浪腾起冲顶，令她晕眩，一个踉跄倒进了他张开的胸膛里。

　　从此，阿玫感到生活变得鲜活了。她与杨昂相恋相爱了。心中装着爱的日子，苦痛已被爱情代替，孤独已经不再围绕身边，无聊变成了快乐。然而，往往快乐就像流星一样闪烁而逝……

　　一天晚上，阿玫唱完歌后高高兴兴地跟杨昂一起到外面去吃火锅。他们刚坐下吃了几口，还没喝完他给她买的饮料，她就感到肚子和头痛，逐渐地越来越疼，浑身虚汗直冒。见状，杨昂对她十分的呵护关爱，立即叫来一辆的士，把她轻轻地拥上车，将她带回了他的宿舍里，然后立即拿出一包像是头痛粉似的药粉，呵护倍至地请她吞下。当她吞下一点点药粉之后，不一会儿就止痛了。

可是，阿玫第二天又发生了头痛，并拉稀呕吐不止。于是，杨昂又给她服用了昨日的药粉。如此几个回合，她就有点心神不安，浑身上下有一种莫名其妙的瘙痒，此时此刻，她还不知道落入了杨昂为她设计的罂粟陷阱……

毒魔吞噬人性灵魂

每年的四五月间，是罂粟花开的时节。罂粟花绚烂华美，是一种很有价值的观赏植物，那花儿微笑灿若云霞。然而，世上的人皆知它是天下第一毒品的原材料，经过数次提炼后就成为鸦片、吗啡，最后就成为毒品家族中最纯的精品——海洛因。

阿玫从此落入了这灿若云霞的罂粟陷阱里了，时常出现恶心呕吐、鼻涕长流、头晕焦虑、全身无力、浑浊思睡、撕心裂骨……而且坠落深渊，越陷越深，已经不能自拔了。

每当这时，阿玫就要从杨昂手中买的白粉药来治病，这时杨就告诉阿玫："你中毒了。要药可以，但必须要用钱来买，再也不能白吃了。"

原来杨昂就是一个吸毒者，而吸毒所要花的大量钱财，只能靠他"卖药"来获取购买毒资的钱。

以前，阿玫在报纸电视里，不止一次地看到过吸毒者家破人亡，生不如死的悲惨情景。而今她也染上了这万恶之源的毒品，被毒魔

紧紧地缠住了。天呀！她恨死了杨。她真不知为何自己初恋的情人会害她，自己爱上的第一个男人就是一个瘾君子。她百思不得其解，她埋怨自己的命苦，她心似刀割地疼，她恨他诅咒他但又离不开他。

杨昂让阿玫掉进陷阱以后，为了让她多赚钱来满足吸毒，他就带她到广州去唱歌。阿玫到广州后开始还能唱歌，而且唱得很受客人的欢迎，被称为玫瑰歌手。只要客人出钱她在什么场所都可以唱……

从此，阿玫不得不乖乖地听从杨昂的一切安排、一切指挥，只要他能给她毒品，他叫她干什么，她就只能乖乖地做什么。她心里也常常想吸过这一次就再也不沾了。然而，她的意志被心魔紧紧套牢，难以抵御白魔的魔力。

渐渐地，阿玫的毒瘾大了。一次她在歌舞厅里毒瘾发作时，泪流淌涕、浑身颤抖、呕吐抽风、瞳孔放大、撕肉骨裂地在歌厅里惨叫……

客人知道阿玫是个吸毒鬼后，就再也没有人给她捧场了。不能唱歌，无法挣到吸毒所需的钱。没有白粉她忍受不了那种地狱般的煎熬。

吸毒需要花很多很多的钱，阿玫的积蓄很快就被他们吸空了。她已经陷得很深很深无法自拔。钱没了，毒瘾照样发作，白粉照旧要吃。怎么办？在万般无奈的情况下，她走上了绝大多数吸毒女人，同走的一条邪道——卖淫。

阿玫开始卖淫时，是由杨带着她去卖的。杨收钱，只给她毒品。

渐渐地，她就不再同杨一起去卖身了，而是自己独闯"江湖"，单独行动。每当夜幕降临时，她就游荡在街头公园之间，或辗转在旅馆饭店之中诱惑嫖客，只要肯出钱，无论俊的丑的年轻的年老的——来者都是客，她都会愿意陪他们过夜。她也知道自己彻底地堕落了，可又有什么办法呢？一个吸毒的女人，已经丧失了人性道德，灵魂已被毒魔吞噬，她是抗拒不了毒魔的折腾啊！

　　阿玫染上毒瘾之后，曾多次发誓，下定决心戒毒。当她的毒瘾发作时就把自己反锁在屋里。犯毒瘾的那种痛苦是无法用汉字来书写的。她为了减轻痛苦，就用绳索把自己捆绑起来，倒在地上打滚，用头去撞墙，用火来烧脸，用刀来割肉……这些惩戒的手段，也赶不走毒瘾的纠缠……

　　一天，阿玫因与杨昂在住处一起吸毒时，被警察发现了，当场查获，并在他们的住处搜查出了海洛因。因此，警察把他们抓获带进了看守所……

　　因为阿玫只吸毒，没有参加过贩毒，她也是个受害者，警察就对她进行宽大处理，免于刑事处罚，把她送进了戒毒所，进行强行戒毒。经过三个月的戒毒治疗后，她戒掉了生理上的毒瘾就被放出来了。于是，她出来后回到了宜宾，决心脱胎换骨重新做人。

　　宜宾与云南、贵州的边界接壤，也是一个毒品的"灾区"。照理说，阿玫受了那么多的罪才戒掉毒瘾，应该珍惜国家对她的治疗。从此，应该同毒品决裂。然而，阿玫回到宜宾后不久的一天，在街上邂逅了昨日的女"同行"张燕。张就拉她去吃麻辣烫，吃过之后

她就鬼使神差地同张一道去了她的住处。

阿玫一进张燕的房屋里，就被那股勾人魂魄的气味撩拨得全身颤抖，终于抵挡不住毒品的诱惑，还是双手颤抖地接过了张递来的白粉。从此，阿玫又重蹈覆辙，走回了原来那条惨不忍睹的老"路"……

心灵忏悔警醒世人

在一个风雨飘摇的夜晚，阿玫因无毒可吸，且毒瘾发作了又无法控制，尽管那天晚上下着大雨，夜幕漆黑，她也奋不顾身地跑到市郊的大运村的森林中买毒品，正好被潜伏在那里的宜宾市缉毒大队的干警抓获，又被送进了戒毒所，经过强行戒毒和药物心理的治疗，这时她基本戒掉了身体上的毒瘾。

阿玫讲述完她"堕落"的过往之后，才慢慢地抬起了头。笔者从她那双淡漠无神的眼睛里，看到了挤出丝丝干涩的苦泪。她说："人生如梦往事如烟。一个人叹息和忏悔的往往不是生活的艰辛和苦难，而是落入陷阱误入歧途，被恶魔腐蚀烤炙而又潮湿干朽的灵魂。"稍许，笔者问她在戒毒中的感受时，她又慢慢地张开了口，道出了吸毒过程中惨不忍睹的经历。

阿玫说戒毒，是吸毒者在鬼门关里度过的炼狱过程，每一个戒毒者都是脱胎换骨，至少像死过三五回。每当毒瘾发作时就像巨大的黑魔笼罩着，也像站在巨大的物体下，随着太阳的移动，那黑魔就死死地缠绕身体。当毒瘾没有发作时，天空是晴朗的天空，灿烂的天空，一旦毒瘾发作时，那黑魔就像要吞没天地一样，立即就把你吸进无底的黑洞深渊，一切光亮就从整个世界中消失。这时，人的人性、灵魂、躯体——统统冻结成冰棍。

伴随而来的就像庞然大物垮塌下来，把你压得粉身碎骨，尸肉横飞；然后，就像有无数的蚂蚁啃噬你的骨肉，舔食你的鲜血，进而身上的骨肉就像被锯子锯一样，锯得你钻心的咔咔咔响，牙齿也要裂开了，拼命地疯长，像千根钢针一样刺入你的大脑，脑袋就像爆炸裂开，同时五脏六腑也被毒魔伸手从体内全部扯了出来⋯⋯

唉，我终于从地狱的黑洞里钻了出来。阿玫对笔者说：我一共进过 4 次戒毒所，每次出去的时候，生理上的毒瘾都戒掉了，可心理上的毒瘾总是戒不掉，依赖性还会顽固地存在，一旦有了诱发的环境，毒瘾就会复发。这次我是铁了心的，出去以后决不和吸毒者有来往了，到外地去找一个好的环境，彻底地戒掉毒瘾。别的不说，就为毒瘾发作时那种生不如死的痛苦感觉，我也绝不会再去招惹毒魔了。

以前，我是在外地戒的毒，走出戒毒所后，又不愿回家，怕爸妈知道后会伤心的。这次我是在宜宾戒毒，而且，给我戒毒的最大力量还来自我爸爸妈妈的鼓励和关心，他们都希望我能脱胎换骨，重新做人。不为别的，就为爸爸妈妈对我的关心，我也要戒掉毒瘾。当然，都说吸毒者爱说谎话，说了也白说，往往做不到，但愿有人相信我。

　　我的一生失败太多太多，没有成功过一次，尤其是爱情失败得太惨太惨。这次我一定要成功。管教对我们说，能够戒掉毒瘾的人，一定是一个成功者。

　　"是的，世上没有办不到的事，只有不能办的事。"笔者鼓励她说："有一个青年歌星，也曾是一个吸毒者，但她经过戒毒已经成功了，前不久还在成都举办了个人演唱会，你准能像她一样戒掉毒瘾的，说不定你今后还能走红，成为一名歌星的。"

　　提到唱歌，笔者突然发现阿玫双眼一闪，有了光芒，来了精神。她就激动地对我说，给你唱一首在戒毒所里唱的歌吧，以表达我忏悔的心灵——

　　政府送我到戒毒所／只因为我在外面要吸毒／政府耐心地教育我／染上毒瘾都是自己的错／面壁又思错／心里好难过／怎样去面对明天的生活／奉劝各位朋友不要去吸毒／轻松愉快地创造幸福生活

　　白粉啊白粉害苦了我／回忆往事心里受折磨／悔恨与悲伤伴随着我／亲人啊亲人请你相信我／戒掉了毒瘾我心里好快活／感谢政府你挽救了我／奉劝各位朋友不要再吸毒／才能轻松愉快开创新生活

　　唱完歌后，阿玫的心情真的显得轻快了一些，她忏悔地对我说："毒品是万恶之源，是罪恶之源。因此，请社会上一定要大声呐喊，忠告天下的人们千万不要染上毒品，造成人生的悲惨不幸。"

　　世人啊！要引以为戒啊！珍爱生命，远离毒品。

16　为爱私奔，洋太太梦断利雅得

生病时与医生结缘，为爱私奔命运多舛；赶潮出国后身陷困境，与老外假结婚演真戏；回国与前夫离婚期间，参与盗车抢劫犯罪入狱……

为爱私奔，一年后母女相见抱头落泪

女囚王南瑛，因谋财杀人案而被判刑入狱。她的人生跌宕，背景复杂，婚姻迷离，经历奇特。从她的人生悲剧色彩中，挖出了一些鲜为人知的故事，以告诫世人警醒，引发深沉思考，从中领悟启迪。

关押囚犯的监狱，往往令人们联想到戒备森严的电网、岗楼、铁窗……然而，进入女子监狱便举目可见色彩斑斓的花卉、果园、

雕塑……当笔者向监狱干警出示由司法部门开具的采访介绍信时，干警积极配合，很快便带来我采访的对象王南瑛。

王南瑛身着整洁的囚服，低着头额坐在我的面前。大约 30 岁，若不是女囚，她可称得上靓丽动人。从她两眼释放出探寻的目光中，分明流露出智慧的眼神。当管教干警叫她讲讲犯罪事实，并在我的提问启发之下，她慢慢地抬起了头颅，用双手梳理了几下短短的头发，仿佛从中理出她 33 岁履历中乱如麻团的细节。然后，开口讲出了她人生悲剧色彩的苦涩故事……

我的父母都是四川人，他们大学毕业后支边去了新疆。新疆条件艰苦，加之教学质量比内地差。因此，他们就把我寄养在宜宾市外婆家生活读书。1992 年我高中毕业，回到新疆参加高考，新疆高考录取线比四川低。我荣幸地考上了新疆某所大学。1996 年我大学毕业后分配在新疆一所高中教书。

爱情的花季，开放在我假期生病的日子里。星期天的上午，医院一扫平日的烦躁而清静。我住在洁净的单间病床上，与高烧抗衡数日之后终于退烧了，从昏沉迷糊之中清醒，正在翻阅琼瑶的言情小说《月朦胧鸟朦胧》被书中人物命运的喜悲而感动。

门吱呀一声开了，我也没抬头看一下进来的人是谁，仍然痴迷于书中的故事。来人走近病床，把我的书从手中摘下说："琼瑶编写的故事，只骗你们这些痴迷的女孩，你刚刚退烧，应注意多休息。"

我见是分管医生钟晓文来查病房。这几日多亏了他的精心医治，才使我很快好了起来，就诚挚地向他道谢，他回敬说这是医生的天职。于是，你一言我一语便聊开了。我得知钟医生是北京人，三年前从大学毕业分配到新疆来支援边疆的医疗事业。

我们两个同时代的大学生，自然容易撞开对方的心门，谈话投机默契，有一种莫名其妙透视对方心灵的渴望。我们从北京的繁华，谈到天府之国的风情，从新疆的环境现实讲到未来的生活；我们谈学习工作、事业理想、人生价值；谈琼瑶谈爱情谈幸福；也谈人生命运、苦恼烦事。在摆谈中，我们的距离仿佛一下子拉近了，都潜心营造友谊氛围……

妈妈送午饭来了钟医生才告辞而走，离开病房时，他向我借走了那本琼瑶的小说。

翌日中午，钟医生又来到我的病房，关心过问了我的病情后，送还小说就急促走了。令我有些失望的感觉。然后，我又打开小说，以排遣病房的孤寂冷漠。

翻开书，一封信映入眼帘，我撕开一看，是钟医生写给我的求爱信。顿然，令我心儿火热，慌乱忐忑，立马将信压住那颗将要蹦跶出来的心。

我偷偷地读着第一次男人向我求爱的信时，那滚烫的语言、激越的情感、撩人的心跳、焦灼的渴望、令我情窦初开、春潮流动、热泪开闸……

男人钟情，女人怀春，两个年轻人的心与心撞击、情与情燃升，升腾出了爱情的火焰，越烧越旺。尽管当时我们的爱情烈火，遭到

父母猛烈的"浇水"，但未能扑灭我们那熊熊燃烧的爱情火焰。

父母反对我同钟晓文的恋爱关系，并非是干涉我的婚姻自由。其实，我是他们的掌上明珠，爸爸是自治区某厅厅长，妈妈也是一个单位的领导。我家条件优越，自我条件也好，要挑选一个乘龙快婿是件容易的事。只因我擅自作主的婚姻大事，他们都竭力反对，担心我若嫁给一个外来支边的大学生，今后可能存在两地分居，甚至造成婚姻的不幸，诸如此类的故事不胜枚举。

因为外来者一般不安心边疆艰苦的生活，尤其是钟晓文来自首都北京，早晚要飞走的。此外，我爸妈总感觉钟不踏实，说话油嘴滑舌，做事轻浮，对人傲放不拘，甚至流露出狂妄的野心。

当然，我也深深知道，父母的主观愿望是为了儿女的幸福着想。然而，面对钟晓文的狂追猛烈，我躲闪不及已倒进他的怀抱，并且已经深深地爱上了他。他对我的爱炽热火爆，时常令我感动落泪。于是，在经过苦求爸爸妈妈，允许我同钟的爱情不成时，我们就决定以最原始的方式，来追求婚姻的实现——私奔！

1997 年的冬天，我们离开新疆逃往北京。当我带着对幸福的向往，不顾亲情的反对，追求自由婚姻来到北京钟家时，映入我眼帘的并非是钟以前讲的家住高楼大厦，家中富足殷实，而是两间低矮简朴的北京郊区贫民房，这与我家的富有形成了强烈的反差。

面对现实，我虽有些委屈懊悔，但对钟晓文的爱一如既往，依旧情深。在我看来，只要婚姻幸福，苦水也甜。幸福生活，可以逐步创造。

钟家本来清苦，又增添了两个人吃饭，自然经济收支失调。于是，寻找生活的支撑点，便成了我们迫在眉睫之举。我们到了北京就没有了正式工作，好在我们有知识有头脑，很快便选定了一条寻找生活的路子。我们东拼西凑借了 3 万元，到一家商场里租了一个柜台，便干起了经营小百货的生意。

挣钱靠打拼，成功靠智慧。钟晓文带着我在北京的街头经过风吹雨打，日晒雨淋，辛劳奔波，使小小的生意日渐红火起来，不仅满足了生活开支，而且还发展了生意。继后钟不时跑广州、深圳、上海进服装，我便披星戴月，经营门市……

我妈妈对我们私奔一直放心不下，一年之后，便来京看望。当妈妈来到北京，在大雪纷飞的街市看见从前稚嫩娇气的我，背着大包货物往门市送时，上前抱着我心疼地抚摸着脸上、手上长满的青红紫绿的冻疮时，我们情不自禁地伤心抱头痛哭……

生米煮成熟饭，木已成舟过河。妈妈返回新疆后，与爸爸商量并同意让我们正式办理了结婚手续。于此后，爸爸帮助我们在新疆驻北京某单位安排了工作。从此，我们这对经过抗争而获得了自由婚姻，并喜结伉俪的夫妻，开始了未来美好的幸福生活。

婚姻围墙裂痕，震荡了夫妻情感

应该说，我们这对夫妻的爱情婚姻是具备坚固的基础，经得起狂风暴雨的侵袭。然而，往往情感这个神秘莫测的世界，有如五彩

光环，如梦似幻，游弋飘浮，闪烁迷离。我们的情感故事又演绎了节外生枝的细节。

一次，我们回到新疆探亲时，钟晓文对爸爸讲，他的朋友做小车生意，请爸爸帮忙搭桥，联系客户。不久爸爸就帮他联系到了一个需购买10辆小车的单位。我丈夫就到新疆与购车单位取得联系，签好合同，找朋友买车。可与对方在价格上谈不妥，于是一拖几月，杳无音讯。我为了丈夫不在父亲的面前丢脸，便亲自东奔西跑，通过爸爸的关系，最后才在河北一家公司签订了购买10辆小车的合同。

我们到了接车地点，办好了接车手续，拿到了钥匙回宾馆后，我说上街转转，钟晓文称疲惫了想睡觉，我就独自出门上街了。当我回到宾馆时，看见他正在酣睡，就叫醒他拿点钱出来买东西。他起床发现钱包不在了。钱包内装有10万元现金，还有购车发票、车钥匙全部被盗了。我对他的粗心大意大为发火，十分气愤。可发火解决不了实际问题。我们报了案，未查获盗窃犯，就只好请人配好钥匙，接车送到新疆。

然而，在运车途中被挡住盘查时，因无购车手续和发票，车被扣下。怎么办？商量后，由我回北京开具手续，钟留下守候车子。

当我回到家中时，婆婆拿了一封写给丈夫的信给我。一看是女人笔迹，我就好奇地撕开一看：原来是一个女孩写给他的信，且言语中透露出超越了一般的界线，好似当头一棒给我打来，险些晕倒，但我还是坚持办好手续去接车。

当我问钟晓文这封信是怎么回事时，他说是在认识我之前，一次在新疆回北京的火车上认识的，两人为了消除寂寞的旅途生活谈来耍的，谁知那个女孩还真的动情了。语毕，他把信若无其事地撕了。我也以为是这么回事，就没再继续缠他。

　　后来不久，我给丈夫洗衣服时，又摸出他的一封信，一看仍然是那个女人写的，且内容令人肉麻。我又气愤地斥责他。在事实面前他向我坦白了，承认同那个女人有暧昧关系，并跪在地上向我保证：坚决同她断绝来往，乞求我的原谅宽容。

　　我是一个有知识的女性，读过的书告诉我什么是对什么是错。对于丈夫的过往旧事，我虽然气愤懊恼，但见他流泪乞求，保证悔改，我也就原谅宽容了他。可是，这件事出现后，它无疑给我们的爱情蒙上了一层阴影，影响了我们夫妻的感情生活。

　　一次，我们因工作去了新疆，当我们回来后，钟晓文就突然被公安拘捕了。为弄清他犯了什么罪，我曾东奔西跑，四处求人，方打听到他是因牵涉轰动京城的"11·3"《北京日报》的盗窃大案。

　　事后我一想不对头，案发时我同钟都在新疆，他没有作案的时间。为此，我又四处疏通关系，求人帮忙，并去开具证明案发时钟在新疆的一些材料，以求释放钟。就在我四处求人帮忙的过程中，碰到一位热心助我，长得很帅的哥们儿。他不仅帮我找人送材料，而且还给了我精神空虚，烦躁不安的慰藉。后来，在一个阳光灿烂的下午，他陪我办完事之后，邀我到一家娱乐场所唱歌。

　　许久没有放松了，情绪一下子涌上来。当我同他对唱《心雨》

和《糊涂的爱》时，又是那么投入、那么用心，仿佛歌词代替了我们的心曲，表达了互相的渴望。时间的宽松、空间的放大、氛围的和谐，使我们之间的距离拉近。我与他的每一句对话、每一个眼神、每一丝微笑都十分默契，会心动人。宛若我的幸福、我的苦恼，他都心领神会，善解人意。在丈夫被关的日子里，我孤独寂寞，难熬长夜，但只要与他在一起，那份乐趣让人心醉，令人着魔销魂，一切都充满了新鲜的活力。

当我把人生经历、痛苦求索，以及取得的成功和失意告诉他时，他为我分担痛苦的忧伤，与我共享成功的喜悦。渐渐地，我与他的心与心相碰，情与情燃升。我送给他一个笑靥，他回我一个温情，我焦渴地蠕动嘴唇，他就送来那种令人心慌战栗的热吻，就这样我们糊里糊涂痴地步入了爱情走私的行列……

当钟晓文无罪释放出来后，知道我与那个男人之间的暧昧关系时，狠狠地骂并毒打了我一顿。因此，我对他彻底失望了。因为我为他担惊受怕，为他奔走求人，为他牺牲付出，还遭到如此的毒打乱骂，由衷委屈不服。我就坚决提出同他离婚，可他坚决不离。我们冷战了一个多月，后来在他的求情及其父母的劝和之下，说我们两人都有"失足"，以"互相扯平、不计前嫌"，求得双方谅解善待。然后，我们又开始了新的生活。

出国梦灭中又柳暗花明

出国热浪，曾在华夏大地掀起一浪高过一浪的热潮。一些去外国的归来者满身飘溢着洋味，因而身价倍增，令人羡慕。故而，出国风是挡不住的诱惑。有的投靠海外关系出国定居，有的自费留学，有的利用跨国婚姻，有的另辟蹊径，打通出国的通道，以求触摸出国的现实。

就在这阵阵的热浪中，我们的心儿也被出国热烧得痒痒难受，整天梦盼出国的彩虹。彩虹真的在我们的眼前出现了。一天，我们看见一则澳大利亚在中国的媒体上登载的关于自费出国留学的启事后，令我们欣喜若狂，宛若寻找到了出国的天桥。于是，我们就按启事上的要求，寄去了 500 美元的报名费，可钱寄走后就石沉大海无影无踪。

2001 年 7 月，我从新疆乘火车返回北京时，在车上一位外国女郎主动地用汉语跟我打招呼："遇到你很高兴，请进我的包厢去坐坐。"当时，我感到意外不解，好奇地随她进入了包厢。包厢 4 个床位，坐了她和另一位中年男子，她悄悄地对我说："求你陪我坐到北京，当我的保护神。"我明白了那个男人对她不怀好意。因此，我也就进入了包厢。

在火车上，她对我讲：她叫沙利达，是从 S 国来中国留学的，毕业后想留在 S 国驻中国大使馆工作。当然，我也把想出国一事告诉了她。一路上，我们无边无际地神侃神聊，仿佛成了一对异国好

朋友。在下火车时，她要了我的电话和住址，住址我乱写了一个，电话是真的。

回北京不久，沙利达就给我打电话，我就去她家里玩，还住了一夜。后来，她又多次找我玩，并陪她到 S 国大使馆去过几次。因而我认识了该馆的文化参赞伊克巴尔，并同他们建立了友好的联系。

大约在 2002 年 5 月，伊克巴尔的妹妹和妹夫来中国旅游，他设家宴时邀请了我们参加。宴会上伊克巴尔对我丈夫说：他因公务繁忙，故请我们陪他的妹妹、妹夫在北京好好游玩。我们爽快地答应了伊克巴尔。伊克巴尔就提供了在北京某大学找两个会英语的导游小姐名单。

翌日，钟晓文从我的手中拿去了 10000 元人民币，开着车到那所大学接到了两个导游小姐，再去使馆接伊克巴尔的妹夫，他们 3 人乘车走后，我陪伊克巴尔的妹妹在北京的街头转了一天。当晚夜深之时才回家，我叫他把钱拿出来，他称花光了。我问他怎么花了那么多钱，他却报不出来。在我的追问之下，他说了真话，原来那两个导游是做特殊服务的，陪伊克巴尔的妹夫玩了一天。他帮他垫付了款，对方答应明日用美元还他。

我一听气得暴跳如雷地骂钟晓文："伊克巴尔对我们很好，你怎么让他的妹夫去干那种丑事，怎么对得起朋友？"当晚，钟说此事与他无关，是他们讲好的。

次日早晨，我们就来到了伊克巴尔的办公室，委婉地向他讲了昨天的事情，并请他原谅。可他一听之后摆摆手，一笑了之，便把话题扯开了。问我们去澳大利亚留学的事有无着落，我说杳无音讯。伊克巴尔就问我们真的想出国？我们答想！他就问我们去 S 国行不？我们立即答行！

于是，伊克巴尔对我们说他能办出国手续。因为他是文化参赞，凡是 S 国到中国，或者中国到 S 国的人，都是由他签办手续的。他还说："我可以以你们出国进修的名义，由我担保，大使馆出函就行了。但出国的时间只能批 3 个月，你们考虑好答复我。"

没想到梦寐以求的出国梦，突然在一夜之间将变成现实，令我们按捺不住由衷的喜悦和激动。仿佛人生最美梦升起，天边的彩虹擎起我们跨出国门，去实现今生最大的幸福和理想。于是，我们兴高采烈地拿着 S 国使馆开的介绍信，辞去了工作，并参加了英语的强化培训后，丈夫留在北京办理有关出国手续，我回新疆告诉母亲这一天大的喜讯……

一月之后，当我满心欢喜从新疆返回北京，带上有关手续去找伊克巴尔时，伊克巴尔却因在大使馆任职已满回国去了。没有得到伊克巴尔的担保和邀请函，出国就泡汤了。出国梦的破灭，使我们犹如从狂欢的高潮，一下子跌滑到了冷酷的深渊……

由于出国骤然的变故，我们就不好意思再回原单位工作了。因此，我们又重操旧业，在 S 国使馆的附近租了一个百货门市，兼卖糖果水果生意。一天，一位靓丽的美女来买水果，钟就以进价卖给了她。我见状十分不快，骂他见了漂亮的女人就两眼发直。钟认为我当众给他难堪，抡起巴掌就给我打来，我们互相扯打起来，倒在

雪地上扭成一团。

这时，上来一个外国女郎劝说："你们两个怎么在这里打架，影响太坏了。"当我抬头看她时两眼闪光，原来是沙利达。她把我扶起说："到我的住所去坐一坐。"我便随她而去。

原来沙利达果然留在了Ｓ国使馆工作。我就把伊克巴尔帮忙出国落空的事讲给她听了，她就带着我去找来接替伊克巴尔的工作的巴尔克。巴克尔称他认识伊克巴尔，并在沙利达的竭力求说下，巴克尔让我们把有关手续拿来使馆，他答应一个星期之内帮我们办好去Ｓ国进修的手续。

真的在一周后，我们的出国梦就变成了现实，领取了签证。担心好事多磨，又怕出现意外，因而我们迅速地做好了出国的一切准备工作。在临走前的一天，我们专程去向巴克尔答谢辞行。他给我们介绍了一个朋友，名叫吉克，并告诉了我们吉克的电话号码。说到了Ｓ国就去找他，他是一个很有能力和办法的人物，他会帮助我们的。

出国梦真的圆了。我们带着五彩缤纷的美梦，对未来编织浪漫色彩的花环，在首都机场登机先飞往香港，然后转乘飞机去Ｓ国……

同外国人假结婚演真戏

2002年8月20日，我们到达了Ｓ国的一个城市。这个城市属于中东地区，周围有珊瑚暗礁，属沙漠气候，有称"幸福的沙漠"，是世界石油王国。农业以生产椰枣为主，牧业以饲养单峰驼、羊和马为主。居住在这个沙砾漠土上的人是很富足的。

我们住下后，首先遇到的是语言带来的阻碍。虽说这里通用英语，可当地百姓还是普遍讲S国语。出国前我们虽然进行了英语和S国语的强化训练，可仍然不适应生活所需。两天后，我们就给巴尔克的朋友吉克联系，可电话怎么也打不通，问旅店的服务员才得知这个电话号码是S国首都的。电话终于打通了，吉克说他已知道我们来了S国，并让我们翌日乘飞机去S国首都，他负责到机场来接我们。

第二天中午，我们到达S国首都机场时，吉克已把车停在那里等候我们了。吉克40开外，人长得精神，穿着很富贵。他是我们在S国认识的第一位朋友。人在外乡身不由己，许多事情都不如意，出国并非想象的那么美好，并不时出现困境。吉克的热情令我们在异域享受到了一些温暖。我们认识他，注定今后将会与之发生千丝万缕的关系。

车穿过S国首都的市区，停在一个豪华典雅、气派堂皇的住宅前，这就是吉克的家。吉克是个富翁，家中设施应有尽有，仅佣人就请了11个，花匠8个。吉克已经有了3个妻子，个个穿戴都是珠光宝气，金银闪亮的，令我十分羡慕眼热。我们别无去处，先留住在吉克的家里。

因为我们刚到这里，一切都陌生，寻找工作也并非易事。在这里女人一般是不做工的，我找不到活干，只能靠钟晓文外出打工

挣钱。

S国是个男性王国，女人稀贵。而且绝大多数女性长相难看，皮肤粗糙黧黑，缺乏我们东方淑女天生的温情丽质。吉克娶的3个太太，在我的眼中看来都颜质，一个个臃肿不堪，我在她们之中鹤立鸡群，靓丽闪光。因此，吉克不时对我进行性骚扰。人在屋檐下，不得不低头。因而我常常恐慌不安，又不敢向丈夫倒出苦水。

过了一些时日，钟晓文在一家饭店打工比较固定了，生活有了来源，我们才择枝而栖，搬出了吉克家，租住两间贫民房里，在异国他乡筑起了自己的巢穴，算是基本立足生活。

3个月签证期瞬息即逝。出国不易，而且在这里用苦力挣钱还算颇丰。假若到期回家，一无所有，而且还令人笑谈。因此，我们商定暂时设法留在S国，挣足了钱才回祖国，以显示"留学归来"的气派。

然而，要留居S国，每3个月就要办理一次续签手续，而每办一次又需花耗一大笔我们用苦力挣来的血汗钱，实在不值。怎么办？我们去求吉克帮助。他称：按S国的法律，外国人与S国人结婚后，3个月可以入籍。若你们真想留在S国，就让王南瑛先找个男人假结婚，求得入籍后钟晓文就有办法了。

为了留居国外，这算是一条唯一的路径。于是，吉克开始帮助我物色对象。很快找来一个男人，长得也结实。钟晓文一见就不同意，说这个男人太年轻，又没有结过婚，怕弄假成真，赔了夫人又折兵。

吉克又找来两个男人，因种种"条件"没有达成协议。眼看我们的签证期限又要到了，钟晓文就主动说干脆同吉克假结婚，其理由有三：一是他已有3个老婆；二是他大我10多岁；三是他家富有。实在别无选择，我认同了丈夫的想法。钟就把我们的想法告诉了吉克，他们一拍即合，达成协议。

2003年4月14日，吉克把我带进了庄严神圣的结婚礼堂。当时我们被蒙在鼓里，不知道在S国只要走进了结婚礼堂，举行了婚礼，就等于在国内领了结婚证，是合法的，并受到法律的保护。

我们走出礼堂，吉克在家大摆了宴席，以示向人们宣告我们正式结婚。我们以为他这样做，真是为了帮助我们入籍做"掩护"。然而，我却因此而被他控制住了，变成吉克的第4个合法妻子。

当晚，吉克就硬要把我拥入他的婚床，我们坚决不同意。吉克就翻开S国的法律条文给我们看："若警察夜巡发现是假结婚，就要受到法律的制裁。"没法，我落入了美丽的陷阱，当晚只好住在吉克家，由丈夫陪伴。

开始的几天，吉克没有对我怎么样，我在他家安然无恙。可到了第7天后，在礼堂举行了婚礼，婚姻就正式产生了法律效力，他便强行与我发生了关系。完事后，丈夫怒气冲天，斥责吉克说话不算数，反目成仇。而吉克却理直气壮地说："她已经是我的合法太太了，你不服，就让你滚回中国去！"这晚，我们夫妻抱着痛哭，以泪洗面。

由于"争妻之战"越演越烈，最后事情闹到了不可收拾的地步，

惊动了S国外交部。在异国他乡，孤立无援。一周后，一张驱逐出境的纸，送达钟晓文的手中。山穷水尽疑无路，钟晓文就与我商量：他先回北京，介绍一些人来这里做工，从中获取劳务费，让我离开S国，去日本，以逃避吉克的骚扰……

他回国演尽风流，我在异国主动投向吉克怀抱

尽管我成了吉克的合法妻子，尽管吉克家财万贯，尽管我向往国外优越的生活。可在当时，我心依旧，同样把钟晓文当作自己的丈夫，别无二心。

尽管我们出国来到S国不尽人意，尽管我们因此而流落异乡，尽管我们败得一塌糊涂。但终因向往国外的富足生活，企盼有一天出人头地，而放弃了暂时回国的念头，作出了我先去日本、钟晓文回北京的决定，以利日后再作打算。

当我们作出这个决定后，钟晓文让我去讨得吉克欢心，然后向他索要结婚彩礼，以便补偿丈夫失妻的损失。

我回到吉克家，令他喜出望外，我就充分利用温情扮演妻子角色。我虽然30出头，但有知识有修养，而且容颜可爱，加之在他的眼里是个"洋妻"。因此，我能感觉到他真心爱我疼我，胜过他的3个妻子。当我提出要他送我结婚纪念彩礼和补偿钟的钱财时，他爽快答应：只要我愿做他的妻子，他就照办。我对他首肯点头。于是，第二天他带我到首饰店购买了宝石钻戒、金项链、金耳环、金

手镯……只要我看中的东西，他都毫不吝啬地买下送我，并拿出3万美金补偿我丈夫。

当我满载而归时，钟晓文说日本花钱多，让我带上2万美金，他要1万美金。于是，我们带着美丽的希望，迅速地实施计划：2003年6月，我们这对经过艰辛磨合4年的夫妻，暂时分道扬镳、劳燕分飞。我飞往了东京，他回到了北京。

到了东京，我在西郊租了两间民房，算是落脚的栖身之处。这时我真有一种放飞牢笼，自由翱翔的快乐。我在日本整天四处游荡，观赏异域风光。日本人的生活，比起我以前在电视电影中看到的更加富裕殷实，但他们都很勤俭。同时，我也深深感到他们那种奋发向上，紧张忙碌的身影，令我很不适应。

日本是个男人的世界，夫权思想严重，女人的地位十分低下。她们一旦结婚，必须减少社会活动，继续工作的很少，几乎都尽心尽力地扮演家庭主妇的角色。我对她们身处的富贵产生一种怜悯的感叹。

随着时间的移动，我当初那种逃离S国后的喜悦渐渐减弱，随之而来的是一无所事，无聊地打发漂泊的时光。我就常常伏案给钟晓文写信，倾吐对他的思恋。开始他还不时复信，渐渐地信也不给我回。我就给他打电话，想听听他的声音，可又常常找不到他。一次，我打电话给他，听见旁边有个浪声浪气的女人声音，问及是谁、他称是同朋友谈生意。

在日本繁华的夜晚里，我却孤独地守着漫漫长夜，独对星空，

思念远方的亲人，一颗漂泊的女人心好累好累。想找人倾诉，可语言不通，阻隔了交往，我心时常恐慌不安。男人风流倜傥，天生花心。而我们女人却在苦苦守望，痴恋对方，尤其是钟风流成性，我凭感觉他在北京不会老实。因而，我设法通过北京的朋友，打听他的情况。

朋友来信告诉我称：钟晓文在北京，以"归国华侨"的身份，到处挂旗放炮，组织出国进修，劳务输出，竟迷惑了不少人。同时，他整天鬼混在女人堆里，成了大众情人。我打电话责问他，他对此供认不讳，还说什么我已是"洋太太"了，难道还要让他等我一辈子嘛？他的厚颜无耻让我伤透了心，以泪洗面之后，我对他彻底地失望了。他都置夫妻的情分不顾，再次背叛了爱情，移情别恋，竟演风流韵事，难道我就甘心在一棵树上吊死吗？

一种朦朦胧胧的想法产生了。我来日本时虽带有 2 万美金，可在这里花销支出大，加之坐吃山空，眼看带来的钱所剩无几，继续留在日本生活困难。于是，我离开吉克后第一次给他写了信……

当吉克收到信后，立即给我打来电话：若我愿回 S 国做他的太太，过去的事情不再追究，并发誓保证对我好。为了出国我已经付出了许多，如今一切都变成了现实，我就义无反顾地伸手抓住，毅然爽快地答应了吉克。他对我的回心转意十分激动，说在半月之内来日本接我，果真如是。

2003 年 11 月 9 日，我在日本飘荡生活半年之后，同吉克回到了 S 国。回到吉克身边后，我便以主人的身份走进吉克的家。我下定决心，跟吉克一家人过日子。吉克很快帮我办理了入籍手续。从此，我不再漂泊，过上了洋太太阔足的生活。而且，我备受吉克的宠爱……

2004 年 8 月，我为吉克生下了一个美丽的女儿，令他们全家十分喜欢。他的 3 个妻子，同我相处友好，没有那种争风吃醋的感觉，这也许是 S 国的习俗，令我无比的心慰，从此，我在 S 国过上无忧无虑的富足生活……

我回国离婚，参与他谋财杀人锒铛入狱

出国梦圆了，又过上了舒心的富裕生活，加之我又生了一个可爱的女儿，精神上有了寄托，吉克对我百般的疼爱，情感已有了归宿。剩下的便是与钟晓文离婚，这是我在 S 国唯一的心病。

经过我同钟晓文的联系协商，他答应同我离婚。2005 年 4 月，我回到了离别两年多的北京，拉开了我同钟离婚导致我人生悲剧的苦涩之路。

钟晓文原来答应了我们离婚，可等我回国后，他根本没有诚意。但他见我离婚坚决，去意难留，并拒绝他对我的好意。因此，他对我讲，他回国后对人说能买到免税进口轿车，因此就有人托他买车，并付了购车款，而今他已花销殆尽，债主追款令他整天卧立不安。他说离婚可以，但必须给他一大笔钱还债才同意。

我从 S 国回国时，带的钱不多，只好打电话向吉克要，而他担

心我骗他，坚决不同意。没钱离不了婚。钟晓文就教唆我帮他偷车。为了尽快达到离婚的目的，我置法律不顾，竟然铤而走险，便利用同一个外资企业老板进餐的机会，借他的指甲刀用，便偷配了他的车钥匙；如此仿效，又配了另一个人的车钥匙，然后同钟晓文各盗走一辆轿车，开到天津去卖了30余万元，全部赃款被钟拿走。

钱到手后，钟晓文又反悔不离婚了。他说离婚怕暴露身份被抓，反正你已同吉克结婚了，中国的法律管不了你，离不离都一样，我们的婚姻已经是名存实亡，赶快回S国吧。想想也是，我就打算立即回去。

钟晓文就说我们患难夫妻一场，为表达最后一次夫妻的情感，决意要送我到香港，我也就同意了。天有不测风云，人有旦夕祸福。我在香港打的去机场时，出了车祸，肱骨撞断，只能留在香港治伤。我叫钟返回北京，他称要尽最后一次丈夫的义务，留下照料我，并送回S国。

我待伤情稍好一些后，就给吉克打了电话，吉克很快到了香港。他一见钟在我的身边，两个男人又唇枪舌战，大打出手。我被夹在中间无法安身，偷偷地乘机飞往成都，回到宜宾市我外婆家治伤。

在外婆家住了不到一个星期，钟就追来了，我们只好住在一起。外婆不知我嫁给了外国人。过了两周我就康复了，然后去成都准备回S国。

在成都我们住进了金色饭店714房间。购买飞机票需要人民币，我就在饭店旁一个小伙子手中兑换了3000美元。当我们买好机票回到饭店的门口时，那个小伙子又走上前来问我们还换不换钱，他称换多少都能满足要求。见状，钟就说多换点人民币，带在路上方便，回 S 国还可作为备用，我说要得。

于是，钟晓文就让我在饭店的大厅等他，他同那个小伙子上楼到房间去换钱。我先在大门口转悠，想买点礼品带回 S 国，然后就在大厅等候。我等了人约 1 小时仍不见他们下楼，便上楼请服务员开门。天呀，门一开只见那个小伙子浑身是血躺在地上，我还没从惊讶中回过神来，就被饭店的保安人员带走。

钟晓文的作案过程我说不清楚，当公安拘捕了我时才知道他谋财杀人逃跑了。我因同钟合伙盗车案正被公安机关通缉，此案发生使我落入法网。吉克知道我犯法入狱后，曾申请来探监，但没有得到批准。

钟晓文谋财杀人逃跑后，至今已一年多了还未逮捕归案，也许他已潜逃出国了。因此，没人能证明我没有参与与他合谋杀人案。

王南瑛讲完她人生悲哀的故事后，苦涩地低下了头来，撩起印有"犯"字的囚服衣角，擦拭她流出的悔恨的泪水……